이건숙 문학전집 10

# 너를 내 손바닥에 새겼고

이건숙 문학전집 **10**
## 너를 내 손바닥에 새겼고

1쇄 발행일 | 2023년 11월 20일

지은이 | 이건숙
펴낸이 | 윤영수
펴낸곳 | 문학나무
편집 기획 | 03085 서울 종로구 동숭4나길 28-1 예일하우스 301호
이메일 | mhnmoo@hanmail.net

출판등록 | 제312-2011-000064호 1991. 1. 5.
영업 마케팅부 | 전화 | 02-302-1250, 팩스 | 02-302-1251
ⓒ이건숙, 2023

값 16,000원
ISBN 979-11-5629-170-1  03810

이건숙 문학전집 10

·

# 너를 내 손바닥에 새겼고
이건숙 스마트소설

문학나무

# 고통의 세월에서 나온 편린들

남편이 갑자기 나성으로 일터를 옮기는 바람에 태평양을 건너가게 되었다. 글 쓰는 사람이 조국을 떠나는 것은 큰 재앙이라고 한다. 그건 모국어를 아무래도 멀리 하고 날마다 쏟아지는 신조어랑 감정이입이 어눌해지기 때문일 터이다. 실제로 8년 만에 귀국하여 저들이 사용하는 말을 이해 못해서 당황한 적이 있었다.

예를 들면 친구들 여럿이 모여서 담소하는 가운데 한 친구가 이렇게 말했다.

"오늘은 기분이다. 내가 쏜다."

나는 그게 무슨 뜻인가 해서 눈치를 봤더니 한 턱 음식을 대접하겠다는 뜻이었다.

그래도 다행인 것은 나성과 미국전역에서 신문이나 주간지들이 연신 청탁을 했다. 물론 기독교 계열의 지면으로 단편이나 긴 글이 아닌 지하철 한두 구간 가는 동안 읽을 수 있는 짧은 이야기들이었다. 그래도 지면을 주는 것이 고마워서 단 한 번도 거절하지 않고 열심히 써서 보냈다. 귀국하여 모아놓은 파일을 열어보니 오려서 간직한 글들이 상당히 많았다. 이걸 모두 퇴고하여 골라보니 괜찮은 스마트소설들이 86편이 되었다.

그래도 복잡한 이국생활에서 잦은 이사를 다니며 스크랩한 스마트소설들은 조국에 있었다면 얻지 못할 소재들도 있었다. 남의 땅에서 고통스럽고 외로운 가운데 느낀 마음의 표현들이어서 감읍할 뿐이다.

좋으신 하나님은 긴 세월 내 손이 펜대를 놓지 않도록 이렇게 이끌어주신 것에 새삼 감사하면서 어쩌면 버렸을지도 모를 원고들이 전집을 내면서 빛을 보게 되었다. 이걸 모두 타이핑 해준 백혜숙 소설가에게 고마움을 전하고 오랜 세월 여기저기 게재되었던 스마트소설도 한 권으로 묶을 수 있게 인도해준 황충상 교수에게도 감사를 전한다.

2023년 11월
나성의 서재에서
이건숙

# 차례

**스마트소설 86편**

ㄴㅓㄹㅡㄹㄴㅐㅅㅗㄴㅂㅏㄷㅏㄱㅇㅔㅅㅐㄱㅕㅆㄱㅗ

너를 내 손바닥에 새겼고

이건숙

스마트소설

86편

# 화성에서 온 사자와 금성에서 온 소

밀림 속에 사는 동물의 왕인 사자가 어쩌다가 소와 사랑에 푹 빠져 결혼을 하게 되었다. 동물의 왕답게 으르렁거리는 무서운 사자도 아내인 소에게는 아주 다정하게 굴었다. 해서 둘 사이는 깨소금이 쏟아지게 재미있었다.

그런데 문제가 생겼다. 소는 풀을 좋아해서 들판으로 나가서 따뜻한 햇살을 받으며 풀을 뜯기 좋아했다. 하루는 사랑하는 남편 사자에게 자신이 그리도 좋아하는 풀을 먹여주고 싶어서 한 소쿠리를 뜯어 남편인 사자 앞에 놓았다.

"여보! 이 풀이 얼마나 맛있는지 둘이 먹다 한 사람이 죽어도 모를 지경이랍니다. 어서 잡숴 보세요."

그러나 풀을 먹을 수 없는 사자는 머리를 살래살래 흔들었다. 너무나 상처를 많이 받는 소는 훌쩍거리면서 종일 울었다.

한편 사자는 살이 통통 오른 토끼를 잡아먹으면서 이렇게 맛있는 걸 아내인 소에게 주고 싶은 마음에 몽땅 먹고 싶은 걸 꾹 참고 뒷다리를 입에 물고 달려왔다.

"여보! 이 토끼고기가 얼마나 맛이 있는지 나 혼자 먹자니 양심에 가책이 되네. 당신 주려고 뒷다리를 가져왔으니 어서 먹구려. 참! 맛있다."

고기를 먹을 수 없는 소는 머리를 살래살래 흔들었다. 그러자 사자는 너무나 화가 나서 으르렁하고 소의 목덜미를 힘껏 물어뜯었다. 네 다리를 공중에 높이 들고 버둥거리던 소는 힘없이 남편인 사자를 바라보며 눈물을 뚝뚝 흘리다가 죽어버렸다.

사자는 아내를 물어뜯은 입가에 묻은 피를 핥으면서 포효했다.

"고기도 못 먹는 아내하고는 살 수가 없단 말이야."

# 늙은 암소 통곡하다

나는 산청마을의 한 마리 늙은 암소다. 마을 옆으로 산
골짜기의 물이 뒷산 깊숙한 바위 틈새를 비집고 돌돌 흘
러가는 정겨운 곳이다. 돌 틈을 날렵하게 헤엄쳐 다니는
송사리 떼를 혀로 쫓으면서 마시는 물맛도 기막히고 이따
금 초록빛 물뱀이 혀를 스치는 멋도 있다. 나는 이곳에서
태어나 살면서 단 한 번도 불평한 적이 없었다. 이런 내가
요즘 끓어오르는 아픔을 토해 내야만 살 것 같다. 내게 아
주 못된 짓을 하는 인간들을 너그러운 마음으로 용서해
왔는데 이젠 도저히 참을 수가 없다. 어제 아침 갑자기 달
개비 꽃 색 트럭이 와서 끔찍하게 사랑하는 내 새끼를 싣
고 가버렸기 때문이다. 아직도 젖을 빨던 입김이 젖꼭지
에 생생하게 서려있는데 그 어린 것을 어미에게서 강제로
떼어내다니! 인간이란 참으로 잔인한 존재다.

내 새끼가 떠난 황톳길을 멍하니 쳐다보다가 너무 가슴
이 아파서 마구간을 빠져나와 무작정 산길을 따라나섰다.
내 새끼 판 돈을 싸들고 하나뿐인 이집 외아들이 대학을
나와 대기업에 취직했는데 상사의 갑질로 얻어맞고 중환
자실에 있다고 모두 서울로 가버렸다. 마구간을 벗어나도

막아서는 사람이 없다. 연분홍 메꽃이 입이 찢어지게 웃고 있는 신 새벽, 싱싱한 메꽃 잎이 식욕을 자극했다. 그래도 자식을 떠나보낸 어미가 무얼 먹는다는 것이 서글퍼서 꾹 참고 뚜벅뚜벅 걸었다.

미명에 잠이 덜 깬 텃밭 쥐가 머리를 쏙 내밀고 산새들이 조잘거려도 나는 조금도 즐겁지가 않았다. 한마디 불평도 없이 묵묵히 밭을 갈아주고 무거운 짐을 날랐던 남편은 인간의 식욕을 채워주는 먹잇감으로 팔렸고 재작년 태어난 아들은 보기 좋게 살이 찌자 우시장으로 끌려갔다. 암소의 일생이란 이별의 연속선상에서 살도록 태어난 걸 잘 안다. 열 마리도 넘는 자식들과 생이별했고 세 번이나 남편을 떠나보냈으니 말이다. 모두가 십자가에 못 박히듯 이집 외동아들 서울유학비로 다 나간 셈이다.

새끼를 열이 넘게 낳은 아랫배와 자식들이 빨아서 축 늘어진 젖무덤을 산허리를 감도는 신비한 안개가 어루만지며 위로해 주었다. 헉헉거리며 산꼭대기에 올라 우뚝 서서 나를 아프게 하는 사람들이 사는 마을을 향해 목이 터지도록 외쳤다.

"나는 너희들을 사랑한다. 왜 나를 이렇게 착취하여 슬프게 하니. 이 땅 위에선 너도 나그네, 나도 나그네, 함께 서로 사랑하면서 평화롭게 살 수는 없겠니."

아침 안개 속에 잠긴 산골 마을은 내 목소리를 먹으면서 깊은 정적 속으로 빨려 들어갔다. ✻

# 망할 놈의 비둘기들

12월로 접어들면서 무숙자들을 돌보는 김 목사는 발을 뻗고 잘 수가 없다. 캘리포니아의 북단 샌프란시스코는 바닷가에 면해 있어서 겨울이 오면 바닷바람이 참을 수 없을 정도로 차가웠다. 아침에 나가보면 꼭 한두 명씩은 얼어 죽어있기 때문이다. 담요 한 장이라도 더 덮어주었다면 살 수도 있었을 터인데 하는 아픔으로 그는 눈물을 삼킬 적이 많았다.

남의 나라에 와서 무숙자를 돌보게 된 사연은 아무리 생각해도 인간적인 결정이 아니고 순전히 절대자의 강권적인 명령이었다. 남들처럼 미국에 유학 와서 학위를 받아가지고 귀국해서 교수가 되는 것이 꿈이었는데 내 속의 그 분은 그걸 말리고 내 나라 사람도 아닌 미국 홈리스들을 돌보게 했다.

어제만 해도 중심가에 자리 잡은 큰 교회에 찾아가서 이 추운 겨울밤에 무숙자들이 잘 수 있도록 밤에만 예배당 문을 열어달라고 애청했으나 담임목사는 머리를 세차게 흔들었다. 씁쓸한 마음을 누르면서 쫓겨난 김 목사의 등 뒤에서 성전의 넓은 뜰 둘레로 높게 두른 철 울타리의 한 가운데 뚫린 대문이 철커덕하고 닫혔다.

이곳 교회는 부자들만을 위해서 문을 연다. 주일이면 패션쇼를 하는 호화로운 호텔처럼 온갖 치장을 한 사람들만 모여든다.

가난한 자들은 많이 가진 자들에게 눌리고 밀려나서 병들어 거리로 쫓겨나와 얼어 죽어가고 있었다. 부자들이 조금씩이라도 양보한다면 같은 인간으로 태어나서 이렇게 비참하게 살지 않고 더불어 살 수 있을 터인데 가진 자들은 자신들의 영토를 굳게 지키면서 신성불가침으로 철벽을 높이 쌓아놓고 있었다.

아침부터 비가 주룩주룩 내리다가 바람이 세차게 불어오더니 양동이로 물을 끼얹듯 쏟아진다. 앞집을 보니 비둘기 두 마리가 다정하게 처마 밑에 앉아있다. 처마 밑 공간이 넓어서 비둘기들 수십 마리 정도는 비를 피해 쉴 수 있겠구나 생각하고 위를 올려다보니 셀 수없이 많은 비둘기들이 지붕꼭대기에서 머리를 외로 꼬고 비를 흠뻑 맞고 떨고 있었다. 바보들이구나! 그 밑에 비를 피할 수 있는 자리를 두고 왜 저렇게 청승맞게 비를 맞고 있을까. 세찬 비를 온몸으로 맞고 있는 바보 비둘기들이 자신이 돌보고 있는 무숙자들처럼 보여서 그는 측은한 마음을 누를 수가 없었다. 그때 멀리서 기운차게 한 마리의 비둘기가 날아오더니 비를 피해 두 마리의 비둘기가 앉아 있는 처마 밑으로 날아 들어갔다.

그 순간 김 목사는 뒤통수를 세차게 얻어맞은 듯 온몸이 얼어붙었다. 다정하게 앉아 있던 두 마리의 비둘기 중에 수놈인 듯 몸집이 큰 녀석이 사나운 기세로 달려와서 틈입자의 머리를 마구 쪼아댄다. 비를 피해 날아 들어온 비둘기는 비틀거리다가 쫓겨나서 지붕 위로 올라가 다른 비둘기들처럼 목을 외로 꼬고 세찬 비를 맞고 있었다.

"아하! 비둘기 사회에도 큰 교회와 부자들이 있었구나."

분이 차올라 몸을 떨던 김 목사는 벌떡 일어섰다.

"내가 부자들이나 큰 교회를 어떻게 하지를 못하고 이러고 있지만, 네까짓 비둘기들 쯤이야 다스릴 수 있다."

고등학교에 다니는 아들이 현관 입구에 세워 놓은 야구 방망이를 집어 들고 김 목사는 빗줄기 속을 달려 나갔다. 투사가 된 기분으로 김 목사는 앞집의 처마 밑을 향해 이를 갈면서 돌진했다. ✿

# 원숭이의 덫

자정이 넘은 시간에 앰뷸런스가 귀청이 찢어질 정도로 앵앵거리면서 대학병원으로 들어선다. 건장한 청년이 들 것에 실려 내려왔다. 119구조대원들은 얼굴이 벌게질 정도로 빠르게 청년을 응급실 안으로 밀고 들어왔다.

이 시간대 응급실 담당의는 서른을 갓 넘긴 풋내기 닥터 강이었다. 환자는 피를 흘리지 않았고 검은 양복에 검은 넥타이를 맨 것으로 봐서는 상갓집에서 심장마비를 일으킨 것 같았다.

청년의 얼굴은 약간 푸른 기가 돌면서 창백했다.

"초상집에서 난 사고예요. 친구 아버지가 소천해서 밤 샘하던 중 고스톱을 치다가 갑자기 쓰러졌다고 해요."

구급대원이 당시 상황을 설명한다. 동공을 보니 안구가 혼탁하다. 그래도 심장을 살려보려고 응급처치를 하는 사이 닥터 강은 이상한 점을 발견했다. 심장을 되살리려고 온갖 수단을 다 동원해도 허무하게 숨이 멎었으나 청년은 아직도 오른손 주먹을 꽉 쥐고 있었다. 심장이 이미 정지하였으니 사망을 선포하고 흰 천으로 얼굴까지 덮어주고도 닥터 강은 꽉 쥔 청년의 오른손 주먹이 이상해서 시신

앞에서 멈칫거렸다.

의사로서 호기심을 누르지 못해 이미 숨이 멎어 뻣뻣하게 굳어가는 손을 강제로 펴보니 삼팔광땡을 꼭 쥐고 있었다. 3월광과 8월광으로 도박에서는 최고로 불리는 패다.

'아아! 이 청년은 삼팔광땡을 움켜쥐고 펴지를 못했구나.'


요즘 유튜브에는 애완용 동물로 기저귀를 찬 원숭이 새끼를 기르는 화면이 자주 뜬다. 원숭이는 영장류에 속하는 동물로 마치 갓난아기를 기르듯 돌보는 것이 신기하고 귀여워서 구독자 수가 폭발적이다.

그런가 하면 원숭이가 인간처럼 보복행위도 해서 요즘 5천 명 정도 되는 인도의 시골마을이 원숭이 무리의 피의 복수로 공포에 떨고 있다는 뉴스가 떴다. 원숭이새끼 한 마리를 그 동네의 개가 물어 죽인 뒤에 산에 사는 원숭이 무리가 떼를 지어 몰려와서 복수를 시작한 사건이다. 그들은 강아지를 납치하여 산꼭대기에서 떨어트려 죽이는 끝없는 복수의식을 벌써 한 달째 계속하고 있다고 한다. 지금까지 납치하여 죽인 강아지 수가 250마리에 달하여 그 동네의 강아지는 씨가 말라 전멸상태란다. 요즘 여러 나라 사이에서 빈번히 일어나는 사태를 모방하고 있는 것일까. 원숭이들이 얼마나 머리가 영리하면 인간의 흉내를 그토록 모방하여 피의 복수를 저지르는 집념은 가히 인간 사고방식을 빼닮아 있다.

닥터 강의 뇌리에 순간 작년 가을 남인도로 단기선교 갔을 적에 사람들 손에 잡힌 원숭이가 떠올랐다. 인도 사람들은 원숭이를 아주 재미있는 방법으로 생포한다. 원숭이의 심리를 이용한 작전이라고 할까. 코코넛에 구멍을 뚫고 속을 파낸 뒤 찹쌀을 두어 줌 넣어두고 튼튼한 말뚝에 매달아 묶어놓는다. 주의해야 할 점은 코코넛의 구멍 크기다. 원숭이는 코코넛 속에 손을 넣어 찹쌀을 욕심껏 움켜쥐고는 손을 빼내려고 한다. 아무리 애써도 손이 빠져나오질 않는다. 주먹 안에 쥐고 있는 찹쌀을 버리면 작은 구멍으로 손이 빠져나올 수 있을 터인데 움켜쥔 찹쌀을 절대로 포기할 수 없는 욕심 때문이다. 한참 탐욕에 젖어 원숭이가 목숨까지 내걸고 버둥거리는 동안 사람들이 와서 원숭이를 낚아채갔다.

순간 닥터 강의 눈에 죽어 있는 청년의 오른손이 찹쌀을 움켜쥔 털 많은 동물의 손으로 둔갑해서 와락 다가왔다. 눈을 크게 뜨고 보니 얼핏 그의 앞에는 덩치 큰 한 마리의 원숭이가 죽어 누워있는 바람에 깜짝 놀란 닥터 강은 도망치듯 현장을 빠져나왔다. ✦

# 개구리와 올챙이

갠지스강물은 유속이 너무 빨라서 어지러울 정도로 도도하고 늠름하게 흐르고 있었다. 인도에 선교사로 파송받은 박 목사는 바라나시에서 가장 붐빈다는 마니카르니카 가트(Manikarnika Ghat)를 바라보면서 갠지스강가에 섰다. 그 곳은 24시간 내내 장작을 때서 시체를 태우는 연기와 불꽃으로 부산했다. 이곳이 바로 힌두교도들이 믿고 있는 제일 우두머리 시바(Shiva) 신(神)이 살고 있는 성지요, 화장터이다. 두 개의 굵은 대나무를 나란히 얽어서 죽은 사람을 묶어 실은 들것이 연신 들어온다. 남자들만 마니카르니카 가트에 들어와서 대나무 채 시신을 갠지스강물에 텀벙 담근 뒤 기름을 죽은 사람의 몸에 흠뻑 발라 놓고 순서를 기다린다.

옆에서는 어떤 힌두교 사제가 발가벗고 부처님처럼 가부좌를 틀고 앉아 두 손을 합장하고 파리처럼 비벼댄다. 새벽바람이 제법 쌀쌀한데 어쩌자고 사람들은 강물에 텀벙 뛰어 들어가서 전신을 강물에 담그고 두 손으로 경건하게 물을 퍼서 머리 위로 뿌리고 있는지! 사방에서 빨래를 하고 있고 강물로 뛰어든 사람들과 동물들이 목욕을 하느라고 갠지스강물이 두 눈으로 보기에도 너무 더러웠다. 신에게 바친 목이 뚝 잘린 꽃들로 인해서 강 가장자리는 온통 쓰레기와 꽃들로 지저분했다. 그런데도 힌두교도들은 그 물을 입에 넣기도 하고 집에 가져가려고 놋그릇에 정성스럽게 담는다. 하도 한심해서 박 선교사는 중얼댔다.

"모두 미쳤군. 더러운 물로 첫새벽에 목욕을 하다니."

그러자 바로 옆에서 가부좌를 틀고 앉아있던 벌거벗은 힌두교 사제가 깊은 묵상에서 깨어나서 한마디 한다.

"이 강물은 히말라야 얼음산에서 내려오는 거룩한 물이오, 하늘에서 흘러 내려온 물이 이 땅을 지나서 저 세상으로 흘러가고 있어요. 그러니 이 물에 목욕하고 사원에 가서 경배하고 난 뒤에 화장되어 재를 강물에 띄우면 바로 환생하는 것이오."

"세상에! 이 물은 벵갈만(Bay of Bangal)으로 흘러 들어간다고요. 이 모두가 당신네들이 생각으로 만들어 낸 망상이오."

그러자 힌두교 사제는 아주 경건한 자세를 흐트리지 않고 대꾸한다.

"이 성수에 손만 담가도 당신의 모든 죄업이 깨끗하게 씻깁니다. 여기는 시바 신이 사는 성스러운 곳이요, 순례자들의 마지막 종착역입니다. 인도 사람들은 모두 죽을 때가 되면 너도나도 이리로 기어서라도 옵니다. 저 화장터에서 태우는 시신들을 보시오. 저 재를 갠지스강물에 띄우면 다시 좋은 삶을 가지고 태어납니다. 이곳은 카시 (Kashi)이니 함부로 말하지 마시오."

"카시가 무슨 뜻이오?"

"빛의 도시란 뜻이오. 성스러운 도시지요. 우리는 카시에서 마지막 순례 길을 끝내지요. 바라나시에 와서 죽으려고 과부나 시한부 인생을 사는 사람들이 인도 각지에서 모여들어 이곳 갠지스 강가는 지금 만원인 걸 왜 모르시오."

"저는 유일신인 하나님을 믿는 사람이오. 하나님 한 분을 믿기만 하면 되는데 어쩌자고 이 나라는 이렇게 신이 많아요. 3억 3천이나 되는 힌두교 신들을 섬기느라고 힌두교도들은 죽을 지경이군요. 나처럼 진짜 신인 하나님을 믿는 순간 모든 죄가 씻깁니다. 꽃으로 당신의 신들을 치장하느라고 수고하고 있는데 내가 믿는 하나님은 그런 꽃이 필요 없어요. 그리고 당신처럼 이 추운 새벽바람을 맞으며 청승맞게 발가벗고 가부좌를 틀지 않아도 되고 이런 새벽에 차가운 강물에 들어가지 않아도 돼요."

그러자 힌두교 사제는 아주 심각한 얼굴로 대꾸한다.

"당신은 올챙이요. 개구리인 내가 아무리 설명해도 올챙이는 물속에서만 사는 줄 알지요. 땅 위에 올라갈 수 있다는 걸 믿지 못하지요."

그러자 박 선교사도 지지 않고 대든다.

"당신이 올챙이고 내가 개구리요. 올챙이인 당신에게 내가 아무리 유일신인 하나님을 설명해도 이해를 못 하니 답답할 뿐이요."

그러자 한 힌두교 신자가 다가와서 박 목사의 등을 두드리면서 이렇게 말했다.

"내 눈에는 두 분이 모두 올챙이로 보입니다. 장차 개구리가 된 뒤에 다시 만나서 대화를 나누기로 하지요."

박 선교사는 저들이 알아듣지 못할 한국말로 투덜댄다.

"명상만 죽어라 하더니 너무 깊이 생각하고 있군. 꼭 어린애들처럼 상상으로 산더미처럼 많은 신들을 만들어 내는 사람들이 사는 나라가 바로 인도로구나."

그러자 바로 곁에 있던 한국말을 할 줄 아는 힌두교 신자가 대든다.

"당신이 믿는 하나님도 3억 3천 중 하나이니 걱정 마시요." ✻

# 아름다운 풍경

지팡이에 의지하며 딸네를 다녀오는 나미 할머니는 머리도 명주수건처럼 하얗다 못해 노리끼리하다. 전철 안은 퇴근시간이라 발 디딜 틈이 없을 만큼 젊은이들로 만원이다. 그래도 그녀는 몸을 비비면서 노인 석을 찾아서 파고들어갔다.

셋이 앉을 수 있는 장애인 노인석에 두 명의 처녀들이 나란히 앉아 있다. 한 처녀는 머리를 옆으로 꺾어가면서 졸고 있고 가운데 처녀는 책에 코를 박고 열심히 읽고 있다. 맨 끝에 카랑카랑하게 깡마른 할아버지가 앉아서 두 처녀를 흘끔거리면서 아주 못마땅한 표정을 감추지 못한다.

전철이 커브를 틀 적에는 몸이 한쪽으로 쏠려서 나미 할머니가 가운데 앉은 처녀의 책을 건드리면서 쓰러졌다. 그래도 독서삼매경에 빠진 처녀는 꼼짝도 하지 않았고 가장자리 처녀는 머리를 더 깊이 꺾으면서 잠을 잔다.

"여기가 너희들 자리냐. 여긴 노인석이야, 노인석이라고. 어서 냉큼 일어나지 못해. 요즘 젊은것들이란 생각 없는 동물처럼 한심해서 쯧쯧⋯⋯."

그래도 두 처녀는 꼼짝을 않는다.

그때 나미 할머니가 조용히 하라고 할아버지에게 눈짓하고 낮은 목소리로 말했다.

"얼마나 고단하면 저렇게 잠을 달게 자겠소. 그냥 자게 두시구려. 건강해야 장차 이 나라의 기둥이 될 것이 아니요. 서서는 책을 읽을 수가 없지. 나야 곧 죽을 몸이요. 젊은이들이 건강하게 자라고 어서어서 많이 공부해서 나라의 재목들이 되어야지. 난 이렇게 서서 운동을 하니 참 좋소."

할머니는 두 손으로 줄을 잡고 서서 연신 뒤꿈치를 드는 운동을 했다. 그러자 주위 사람들의 얼굴에 잔잔한 미소가 번진다. ✾

# 하나님의 숲

덕자는 하루도 빠짐없이 꿈을 꾼다. 청청한 나무숲 바닥에 네 활개를 펴고 몇 시간을 누워있으면 어떤 기분일까 상상한다. 하지만 몸은 매일 전철을 타고 빌딩숲과 사람숲 속에서 허우적거리다가 거북살스럽게 심장을 압박하는 아픔에 눌린다.

그녀의 몸은 매일 밤 산야를 달리지만 햇살이 천지를 지배하는 낮에는 빌딩숲과 사람숲 속에서 하늘 이 끝에서 하늘 저 끝까지 운행하는 해를 따라 뛰느라고 정신이 없었다. 날마다 밤과 낮이 얼굴을 바꾸듯 몸과 마음이 따로따로 놀았다. 몸은 건물과 사람들 숲속에 묻혀 있고 마음만 울울창창한 산속을 거닐고 다닌다. 몸 따로 마음 따로 해를 따라 뛰다가 잠자리에 들 때마다 언젠가는 혼자서 숲속에 들어가 살리라 다짐을 해본다.

어느 날 갑자기 몸이 나른하더니 의사가 췌장암이라고 선포했다. 길어야 3개월 살 수 있다고 한다. 가장 빨리 죽고 가장 고약한 암에 걸린 셈이다. 그제야 인간 숲과 빌딩숲을 빠져나온 그녀는 매일 해가 신랑처럼 나와서 하늘을 달릴 적에 그를 따라 숲속으로 들어가서 네 활개를 펴고 눕는다. 죽어 이렇게 나무 밑에 묻히면 어떤 기분일까 생각하면서 말이다. 청청한 소나무숲은 냄새가 상큼하고 싱그럽다. 그녀가 밤마다 늘 꾸었던 꿈처럼 매일 신랑인 해가 땅에 충만할 적에 그와 함께 땅바닥에 누워 있다가 밤이 오면 집으로 돌아온다.

놀라운 일은 그렇게 꿈같이 2년이 흐르자 몸이 가뿐해졌다. 가슴도 후련했다. 독종인 암이 그녀의 신랑인 해와 하나님의 숲에 취하여 깊이 잠든 모양이다. ✷

# 갈릴리 어부

장일동 장로는 김진국 목사의 걸림돌이다. 교회의 모든 일이 그의 손에서 이뤄지고 목사는 아무 일도 못 하게 한다. 심지어 권사와 장로 투표에도 그의 마음에 맞는 사람이 당선되어야지 그렇지 않으면 생떼를 써대 목사가 목회하기가 너무 힘들다. 그 장로의 아내인 권사까지도 또 얼마나 표독스러운지 교인들이 너나없이 모두 상처받지 않은 사람이 없다.

하늘은 코발트색이고 야자수가 쫑긋한 머리를 하늘을 향해 치켜들고 산들바람에 나풀거린다. 먼지 한 알갱이 없이 맑은 공기는 가슴이 탁 트이게 신선하다. 어부들이 낚아 온 물고기가 바닷가 모래사장에 수북이 쌓여 있다. 큰 함지박을 들고 나가 작고 상처 있는 물고기나 보기 싫은 고기는 집어 던져버리고 크고 말끔한 예쁜 것들만 추리면 된다. 그게 그에게 주어진 임무였다.

김진국 목사는 이 일이 너무 즐거워서 찬송을 부르면서 그물에 잡힌 물고기 가름을 하고 있었다. 땅에 떨어진 분홍 꽃잎처럼 싱싱 비스무리하게 생긴 물고기를 앞에 놓고 한참 고민했다. 다른 물고기와는 다르게 수염도 길고 언뜻 보기에는 좋았으나 속은 썩어서 벌레들이 득실거렸다. 함지박에 넣을까 아니면 마른 모래밭에 그냥 팽개쳐 던져버릴까 망설였다. 자세히 보니 그 물고기는 장일동 장로의 얼굴을 닮은 물고기였다. 즉각 모래바닥에 패대기를 칠까 하다가 물고기의 큰 눈에 눈물이 그렁그렁 간절하게 김 목사를 바라보는 통에 슬그머니 다시 집어 들다가 눈을 떴다. 꿈이었다. 그러나 너무나 생생한 꿈이었다.

그냥 장일동 장로를 신나게 모랫바닥에 패대기치지 못한 것이 후회도 되었으나 다시 마음을 다잡고 새벽기도회에 나가앉았다.

못된 장로를 사랑하라는 주님의 뜻이 담긴 꿈인 것 같으나 괴로운 김 목사는 끙끙 앓으면서 강단에 엎드렸다. ✲

# 이상한 친구

항상 옆에 두고 의지하는 이 세상에서 단 하나뿐인 친구가 교통사고를 당했다. 혼자 타고 가다가 당한 사고가 아니라 아들, 며느리와 두 손자가 함께 다친 대형사고였다. 중환자실에 다섯 모두 입원했다는 소식을 듣고 달려갔으나 면회를 할 수 없을 정도로 중태라고 한다.

말숙은 중환자실 앞에서 가슴을 도려내는 울음을 토해냈다. 세상에서 유일하게 믿고 의지했던 친구를 잃는다는 아픔에 정신을 차릴 수가 없었다.

중환자실 앞에 모여 웅성거리는 친척들의 말로는 가망이 없단다. 아들 내외가 효도한다고 어버이날 모시고 나가 외식을 하고 돌아오던 중 당한 참변이다. 파란불에 직진하는데 술 취한 트럭기사가 옆구리를 들이받은 사고였다. 두 손자는 다행히 크게 다친 곳이 없어서 퇴원했는데 제일 문제가 친구였다. 고희잔치를 작년에 했으니 나이 때문에도 사고를 견디지 못한다고 했다. 더구나 차가 들이박은 곳이 바로 친구가 앉아 있던 쪽이었다니 문제가 간단치 않았다.

친구는 권사님이라 입에 항상 주여, 주여를 달고 살았

던 믿음이 돈독한 친구였는데 어째서 이런 사고를 당했단 말인가. 친구가 믿는 하나님은 잠시 졸았단 말인가. 말숙의 눈에도 미쁘고 충성스러운 친구를 어째서 하나님이 지켜주지를 못했단 말인가. 의심의 안개가 뭉글뭉글 피어올랐다. 눈동자처럼 보호할 수 있는 하나님이 아닌가.

한 달 뒤 친구는 일반병실로 옮겼다. 모두가 기적이라고 했다. 다리병신이 되었든 코가 짜부러졌든 죽지 않았다는 사실에 기쁨이 충만해서 찾아간 말숙에게 친구는 이렇게 말했다.

"하나님께 너무너무 감사한다. 나를 죽음의 골짜기에서 건져내신 하나님을 찬양한다. 우리 하나님은 정말 멋진 분이야."

"그런 멋진 분이 널 보호해서 사고가 나지 않게 해야지 이렇게 다쳤는데 뭣이 그리 감사하니?"

"내가 사고를 당하지 않았다면 다른 사람이 나 대신 다쳤을 것이 아니냐. 그러니 감사하지."

"이 바보야. 그런 계산이 어디 있니? 난 그런 하나님을 믿을 수가 없다. 넌 정상이 아닌 이상한 여자야. 넌 마땅히 하나님을 고발해야지."

"그걸 알려면 나처럼 너도 예수를 믿어 보라니까."

두 친구의 높은 언성에 놀란 간호사들이 달려와 병실을 기웃거린다. ✤

# 인간 고양이

　성탄절이 다가오자 부부동반 동창모임 파티에 함께 참석해야 한다고 남편이 퉁명스럽게 내뱉는다. 저녁을 먹은 뒤 느긋하게 숭늉을 들고 있던 그가 걱정스러운 시선으로 내 머리끝부터 발끝까지 훑겨본다. 나중에 알게 된 일이지만 작년 성탄절에도 부부동반으로 모였으나 내게 감춘 것을 다른 사람을 통해 들은 터라 나는 시큰둥해서 대답하지 않았다. 사람들 앞에 아내라고 내놓기가 창피하다는 의도를 의연 중에 풍겼기 때문이다.

　남편은 동창들 중 가장 친한 사이인 광호라는 친구의 아내를 입에 달고 살았다. 외양이 아주 눈에 띄게 귀엽고 유순, 공손하여 모두 좋아한단다. 사람들과 대화를 나눌 적에는 기쁜 낯빛으로 미소를 지으면서 다정하게 굴어서 동창들 사이에서 인기가 짱이라나. 이렇게 착착 휘감기는 애교만점 아내를 둔 광호를 부러워하는 친구들이 많다고 했다. 그런 말을 할 적에는 그는 거지 같은 아내를 만나서 이 고생이라는 빛이 얼굴에 역력했다. 그 뿐만이 아니었다. 그들 부부는 해외여행도 자주 가고 어쩌다 길에서 만나면 그 친구는 늘 아내를 달고 다닌단다. 특히 그의 아내가 걸친 옷이 너무 멋져서 지나가는 사람들도 쳐다보게 되는 우아한 옷을 걸치고 다닌다고 부러움과 감탄을 늘어 놓았다. 친구의 아내처럼 너는 왜 그렇게 못하느냐는 질 책과 그런 친구를 은근히 부러워하는 눈치였다.

"당신 친구, 광호라는 사람은 좋은 직장에 다니나 보지. 당신보다 수입이 많으니 아내가 그 돈으로 명품 뒤바르고 호사하고 살겠지."

"그 녀석이 다니는 직장은 나보다 작은 회사고 월급도 나보다 훨씬 적은 걸로 알고 있어."

"내가 알기로는 당신보다 거의 두 배 돈을 번다고 하던 데. 그러니까 여유가 있어 그러지."

"그래도 살림을 아주 앙팡지게 잘 해서 그렇다고 모두 칭찬이 자자해. 지난 달 친구 생일에도 그 집에 초대받아 모두 가서 대접받았는데 50평 아파트에 가구도 으리으리 하더라고. 모두 이태리에서 직수입한 것이라 주로 붉은 색으로 번쩍번쩍하니 기가 팍팍 죽더라니까."

남편은 이렇게 말하면서 거실 구석구석을 한심스러운 눈초리로 둘러보면서 싸구려 가구와 낡아빠진 아파트에 사는 것이 창피하다는 표정이 역력했다. 나는 매달 남편 이 가져다주는 돈을 몽땅 받아 한 달 용돈으로 아주 적은 액수를 그의 손에 쥐어준다. 생활비는 최소한으로 줄여 내놓고 나머지는 전부 적금을 붓고 있다. 그러자니 나는 내 자신이 입을 옷은 길거리에서 오천 원 미만의 싸구려

나 사 입고 헌옷가게에 가서 적당히 골라 입으며 시장을 보러가도 파시에 재래시장에 가서 떨이를 사다가 밑반찬을 해놓고 먹는 일상을 결혼생활 20년을 넘겨 해왔다. 이제 부은 적금과 이 집을 팔아 35평짜리 아파트로 곧 이사할 계획을 하고 있어 손에 옹이가 박히도록 절약생활을 하고 있는 나에게 초호화판으로 살고 있는 친구의 아내를 자꾸 들고 나오니 나는 슬그머니 부아가 치밀었다. 남편과 만나 결혼할 적에 월세 지하방에서 작고 누추하지만 이 집을 사는 일도 모두 내 손끝이 일궈낸 일이다.

남편이 이렇게 나를 앞에 놓고 남의 아내와 비교하면 나는 아주 밑바닥에 떨어진 기분이다. 부부란 아이 낳고 살다보면 서로 오누이처럼 담담해지게 마련인데 남편의 친구 마누라는 어떻게 그렇게 하고 사는지! 광호라는 남편친구는 고양이를 지극히 아끼고 사랑하는 탐묘인간(貪猫人間)인가. 고양이처럼 애교부리는 걸 좋아하니 말이다. 딩크족이라 아이도 낳지 않고 오로지 자신들의 삶을 단단하게 충실히 다지면서 살고 있는 모양이다. 이에 비해 나는 아이를 셋이나 낳았으니 나가는 돈이 만만치가 않아 이런 수모를 당하고 있구나. 아무튼 그의 아내는 까칠 새침하고 도도하면서 한번 씩 애교를 부리는 첩 스타일이고 고양이 가깝게 변형된 인간고양이일 것이다. 이에 비해 자신은 충실하게 가정을 지키는 충직한 개로 둔갑해 보여 너무 우울했다.

다음날 밤 남편이 자정이 넘어 만취가 돼서 들어와 그냥 현관에 누워버린다. 내가 주는 용돈으로는 이렇게 술을 진탕 먹고 들어올 사람이 아니었다.

"돈도 없으면서 어쩐 술은?"

"광호가 명퇴당해서 오늘 동창들이 다 모였어."

"반전의 고수인 아내 수단이 좋으니 잘 살아가겠지요."

"오늘 그 친구 술 취해 울면서 다 쏟아놓는데 글쎄 살고 있는 아파트도 월세고 손에 쥔 게 하나도 없다고 얼마나 우는지! 결혼 당시 부모님이 물려준 아파트와 시골 땅들이랑 매달 적잖은 돈을 주었는데 모두 사치하게 써버리고 빈털터리라고 하더군."

"어머! 어쩌지요. 큰일 났네요."

"지금 보니 그 여자 아주 음험하고 까칠하고 잔인해. 자기 삶의 방식을 거스르면서 못 살겠다고 광호가 퇴직당하자 바로 나가버렸데. 그래서 친구들이 십시일반으로 돈을 모아주었어."

"그렇게 모두 칭찬하더니 어떻게 남편에게 그런 짓을! 애교 있는 웃음 속에 감추고 있던 발톱을 들어냈군요."

"그런 여자는 겉으론 매력과 애교가 넘치고 부드러워 보이면서 남을 해치는 인간고양이, 인묘(人猫)라고 야단들이야. 남자 일생에 그런 여자 만나면 일생 흉작이고 파토야."

"그랬다고 당신이 이렇게 몸이 망가지도록 술을 먹으면

어떡해요."

　그러자 그는 현관입구에 신도 벗지 않고 누워서 꺼억 꺼억 울어댄다. 나도 이런 남편의 모습이 생경스러워서 멍청히 내려다보고 있었다.

　"사실 한 달 전에 나도 명퇴 맞았어. 당신한테 말을 못했는데 지금 말하는 거야, 우리 어떻게 살지. 우리 아이들 이제 대학 갈 나이가 되는데 이를 어쩌면 좋아."

　나는 아무 소리 않고 안방으로 들어가 다섯 개의 통장을 가지고 나와 그의 손에 쥐어주었다.

　"이 집이 누추하지만 여기서 그냥 살고 이것으로 우리 비즈니스를 구상합시다. 위기가 곧 성공의 기회라고 믿어요."

　남편은 내가 준 통장을 하나씩 다섯 개를 전부 펴보더니 눈이 화등잔처럼 둥그레졌다. ✻

# 가라지

　박월석 목사는 광민교회를 개척하여 꼭 20년 목회를 하였다. 사업을 하다가 모든 것이 헛되고 헛되다는 마음에 세상적인 것을 모두 버렸다. 오십 고개에서 시작한 목회다. 하던 사업체를 팔아서 부지를 샀고 교회를 지을 적에는 집을 팔아서 했다.

　이제 내년이 70세이니 은퇴를 앞두고 있다. 새 목사를 청빙한다고 장로들이 이상한 작전을 펴기 시작했다. 박월석 목사의 측근부터 모두 내쫓기 시작했다. 목사님에게 충성하던 전도사나 부목사 중에서 남은 사람이라고는 어린 심방여전도사 한 사람뿐이다.

　"전 목사님이 은퇴하여 떠난 다음 날 사표를 낼 것입니다."

　이기숙 심방전도사는 이렇게 늘 박 목사에게 말해 왔다.

　"나보다 먼저 떠나요. 그래야 인사도 시켜 주고 퇴직금도 듬뿍 쥐여 주지. 나 떠난 뒤에는 한데가 될 터이니 그리 알아요."

　"정신 나간 장로님들이랑 그 수종자들이 너무 하잖아요. 우리도 맞서서 싸워야 해요. 목사님을 사랑하는 성도들이 아주 많아요. 모두가 20년 동안이나 목사님이 돌봐 온 성도들이지요. 그들과 함께 싸워요."

"무엇을 위해 싸우라는 거요. 나야 망해야 하고 새로 오는 목사가 흥해야지. 나 이제 임무를 다 수행한 목사요. 떠날 때는 말없이 깨끗이 떠나는 것이 하나님의 뜻이요."

그래도 날마다 끔찍한 일만 벌어졌다. 이제 떠나는 목사에게 연금 주는 것을 반대하고 나서더니 은퇴금도 없다고 떠벌리는 장로까지 나왔다. 하긴 어느 교회나 떠나는 목사에게 돈을 아끼는 것이 통례다.

참지 못한 어린 여전도사가 박 목사님을 찾아와서 엉엉 운다.

"저 가라지 같은 존재들을 몽땅 뽑아버려야 해요. 그냥 두면 이 교회는 망해요. 그간 쌓아올린 목사님의 수고가 다 무너져 내려요."

"그냥 둬두시오. 가라지를 뽑다가 곡식까지 뽑히면 어쩌려고. 먼 훗날 추수꾼들이 알아서 할 일이지, 내가 할 일이 아니야."

그 말에 어린 여전도사가 엉엉 울면서 소리친다.

"목사님은 바보야. 진짜 바보야." ✱

# 어머니를 팝니다

부활절 아침 예쁘게 장식한 달걀을 받고 유치부에 다니는 딸, 유나가 좋다고 팔딱거린다. 유치부 교사인 나이가 50대의 유나의 선생님은 아이들과 잘 어울릴 것 같지 않았는데 이상하리만치 그림 재주도 있고 유치부 교사의 특기인 율동도 잘 해서 인기가 많았다. 아내는 특별히 그 선생을 좋아하는 게 아마도 친정어머니 정을 느끼는 모양이다.

"여보! 오는 화요일 공휴일 점심에 선생님을 초대해서 식사대접 하지요. 그래야 유나도 교회에 더 정이 들 것 아니요."

"잊지 말고 지금 당신이 만나서 아주 약속을 잡아요."

아내는 유나의 손을 잡고 아이들을 보내고 교실 정리를 하고 있는 선생님에게 가더니 조금 실쭉해서 돌아왔다. 곁에 선 유나는 입을 삐죽거리면서 울음이 터지기 직전이다.

"왜 그러니 유나야?"

아내는 딸의 반응에 시무룩해서 말을 아긴다.

"선생님은 할아버지, 할머니 묘에 벌초하러 가는 날이

래요."

유나는 차에 타서 아예 엉엉 소리 내서 울어댄다. 그러더니 운전하고 있는 내 등을 작은 주먹으로 암팡지게 때리면서 야단을 한다.

"우린 왜 할머니, 할아버지가 없어. 다른 아이들은 모두 할머니, 할아버지가 있어서 선물을 받고 자랑도 하는데 왜 우린 없느냐고."

우리 부부는 입을 꾹 다물고 침울해졌다. 둘이 다 고아원에서 자라서 자수성가해 이 자리까지 온 걸 아이가 어떻게 이해할 수 있겠는가. 일생 부모가 없다는 것은 가슴에 푸른 멍을 안겨주었다. 모두 음울한 분위기에 휩싸여 집으로 와서 아내는 점심을 차린다고 부엌으로 휑하니 들어가고 화가 잔득 난 유나는 자기 방에 들어가 침대 위에 엎드렸다. 나는 안락의자에 앉아 어제 토요일에 온 신문을 펼쳤다. 우연히 신문광고란에 눈이 멎었다. 아주 큰 지면을 할애한 광고의 내용에 나는 화들짝 놀랐다.

'어머니를 천만 원에 팝니다.'

세상에! 어머니를 판다니! 이게 무슨 소리지. 꽤 큰 글자로 쓰고는 그 밑에 자잘한 글씨로 내용이 나왔다.

'제 어머니는 중풍에 걸려 왼쪽 반신을 쓰지 못합니다. 딸인 제가 5년을 돌봤는데 도저히 이젠 견딜 수가 없습니다. 누구든지 이런 어머니를 필요로 하는 사람에게는 천

만 원 받고 팔겠습니다.'

그 밑에 연락 전화번호가 있었다. 나는 그 번호를 잽싸게 종이쪽에 옮겨 적고는 점심을 먹은 뒤에 아내에게 말했다.

"유나를 위해 우리 할머니를 한 분 삽시다. 우리도 부모 사랑을 못 받았으니 할머니를 어머니로 모시고 싶군."

내가 광고지 내용을 설명하자 아내도 잔잔하게 웃으면서 고개를 가만히 끄덕거리면서 소곤거렸다.

"중풍이라고 하지만 우리가 손발이 되어서 도와드리면 우리와 10년을 사실 것 아닙니까. 저도 어머니라고 부를 분을 집에 모시고 싶어요. 돌아가신 뒤에 산소가 있으면 우리 유나랑 우리 부부 벌초도 하고 성묘하러 갈 수도 있으니 얼마나 기뻐요."

우리 부부는 밤새워 계획을 세웠다. 24평의 작은 아파트에 방이 둘 뿐인데 어디에 모실 것이냐가 문제였다.

다음날 아침식탁에서 아내가 조심스럽게 입을 열었다.

"유나야, 사실 너에게 할머니가 살아계신단다. 시골에 말이야. 그런데 방이 없어 못 모시고 있단다."

그러자 유나가 눈을 동그랗게 뜨고는 손뼉을 치면서 소리쳤다.

"내가 할머니하고 한 방을 쓰면 되잖아. 사실 나 혼자 자는 게 가끔 무서웠는데 할머니 오시면 너무 좋다."

"그런데 할머니가 한쪽 다리와 팔을 잘 못 써서 부축해드려야 해."

"걱정하지 마. 내가 할머니 도와줄 수 있어."

할머니를 도와주자면 밥을 많이 먹고 튼튼해야 한다면서 유나는 아침에 준 밥 한 공기를 거뜬하게 먹고는 너무 좋아 팔딱팔딱 뛰었다. 우리 부부는 은행에 붓고 있던 적금을 깨서 천만 원을 만들어놓고 광고지의 번호로 전화를 넣었다. 광고를 낸 딸인지 다정하게 전화를 받았다.

"광고를 보고 전화합니다. 저희 부부가 할머니를 사고 싶어요."

줄 저쪽에선 잠시 침묵한다. 그러면 그렇지. 귀한 부모를 어찌 판다고 할 수 있겠어. 긴장한 나는 침을 꼴깍 삼켰다. 한참 뜸을 드리더니 줄 저쪽에서 멈칫거리면서 말을 더듬는다.

"지금까지 수없이 받은 전화는 현대판 고려장이냐고 항의하고 욕을 하고 버리면서 돈까지 받느냐고 난리인데 정말 제 어머니를 사시겠습니까?"

"네! 저희 부부는 고아원에서 자라 부모가 없이 커서 어머니를 모시고 사는 것이 꿈입니다. 돈도 적금을 깨고 마련했으니 꼭 어머니를 사고 싶어요. 제 딸이 할머니를 모셔오라고 난리에요."

"중풍환자인데 그것도 괜찮아요?"

"저희가 정성껏 돌보면 되지요."

오랜 대화를 수없이 나누고 여러 날을 보낸 뒤 주소를 받아든 우리 부부는 택시를 타고 주소지를 기사에게 내밀었다. 그는 한참 주소를 네비에 찍어 넣고는 강북 쪽으로 차를 몰았다. 도심지를 지나 부자들이 사는 으리 번쩍하는 대궐 크기의 집들이 모여 앉은 부촌으로 택시가 들어간다. 우리 부부는 당황해서 기사가 주소를 잘못 찍고 가는가 걱정이 되었다. 어머니를 팔려고 하는 정도라면 가난해서 견디지 못하고 파는 것일 터인데 이런 부자들이 사는 곳이 아닐 거라는 생각에 괜히 택시비만 나가는 것이 아닌가, 아니면 이 여자가 우리를 속이고 장난질하는 것일까 하고 머리를 갸웃거렸다. 택시가 멈춘 곳은 엄청나게 대문이 크고 울타리도 높이 둘리고 값나갈 정원수들이 담가에 삐죽삐죽 얼굴을 내밀었다.

"여보! 이상해요. 그 여자 우릴 갖고 노는 모양이야. 어떻게 이런 집에 사는 사람이 어머니를 천만 원 받고 팔겠어요. 그냥 돌아갑시다."

그래도 한 번 초인종 눌러 보고 가려고 나는 깊게 세 번 눌렀다. 문이 벌컥 열렸다. 높은 계단 올라가 있는 집은 앞에 정원이 펼쳐지고 비싼 오송을 심은 현관입구가 눈에 들어왔다. 주눅이 든 우리는 멈칫거리면서 되돌아가려 하는데 앞치마를 두른 젊은 여인이 나와 우리부부를 안으로 인도했다. 거실에는 벽난로가 있어 소나무를 태우는지 불길을 따라 은은한 나무냄새가 집안에 가득했다. 거실 안락의자에는 무릎 위에 담요를 덮은 여인의 백발머리가 보였다. 우리 부부는 기가 죽어 둘레둘레 집안을 보면서 꿔다놓은 보리자루처럼 앉지도 못하고 엉거주춤 한 구석에 서있었다.

"아무래도 저희가 잘못 온 것 같습니다."

"광고를 보고 전화하신 분이지요?"

"네! 어머니를 사러왔는데 여기가 아닌 것 같아요."

"맞아요. 여깁니다."

따듯한 인삼차와 다과가 나오고 할머니는 천천히 입을 떼기 시작했다. 뜨거운 차가 들어가니 마음이 살살 가라 앉기 시작해서 우리부부는 놀란 눈으로 그 할머니의 입을 주시하면서 안쪽을 기웃거렸다. 중풍에 걸린 할머니를 찾느라고 아내는 연신 방이 있음직한 곳을 기웃댔다.

"내가 돈을 많이 벌었는데 자식이 없어요. 해서 자식을 사려고 광고를 냈지요. 돈까지 아끼지 않고 어머니를 살 사람이 진짜 자식이라고 전 믿어요. 유나를 데리고 어서 이 집으로 이사해서 내 아들, 며느리, 그리고 손녀가 돼주어요."

우리부부는 정신이 얼얼해서 도깨비에 홀렸나 하면서 머리를 만지고 머리를 흔들고 이마를 주먹으로 팡팡 때리기도 했다. ⚡

# 낮말은 새가 듣고

오랜만에 햇살이 따사롭다. 캘리포니아의 오월에 닷새 동안 폭우라니! 우울증에라도 걸린 듯 움츠렸던 터라 이런 화창한 날씨에 모두의 얼굴은 활짝 핀 선인장 꽃들처럼 아름다웠다. 이런 날엔 집에만 있어도 신이 나는 판인데 사랑하는 여전도 회원들끼리 야외기도회를 갖기로 했으니 모두 들떠서 입을 다문 사람들이 없었다.

40인승 교회버스는 작년에 죽은 같은 또래의 강 집사님이 묻힌 바로 곁 묘지공원으로 향하고 있었다. 너무 말들이 많고 소녀들처럼 시끄럽게 웃어대서 시내를 통과하는 버스가 혹여나 경찰에 걸리지나 않을까 조바심이 난 여전도회장이 모두의 화제를 하나로 모으려고 이런 좋은 날씨에 작년에 죽은 강 집사의 이야기를 들고 나왔다.

"우리가 가는 곳이 강 집사가 묻힌 바로 옆인 것을 아시지요?"

그녀의 말에 모두 입을 다물었다. 물을 끼얹은 듯 갑자기 조용해진 틈을 타고 말이 제일 많기로 유명한 오 집사가 이렇게 말했다.

"아이쿠! 우리는 오래 살아야 해. 글쎄 강 집사 남편은 벌써 새 장가를 갔어. 새파랗게 젊은 여자를 데려와서 고등학교에 다니는 아들이 가출을 했다더군."

그러자 모두들 우우 이상한 신음을 토해냈다. 그 틈을 타고 여전도회장은 화제를 심각한 쪽으로 바꿨다.

"지금 땅에 묻힌 강 집사의 시신이 어떻게 되었을까? 그날 연분홍 투피스를 입혀 묻었는데 그 옷이 아직도 괜찮을까?"

"옷은 썩지 않았겠지만, 몸은 흐물흐물 썩었겠지."

모두 입을 다물었다. 묵직한 슬픈 기운이 버스 안을 찍어 눌렀다.

"우리 그런 이야기 하지 말자."

말이 많고 명랑한 오 집사가 이렇게 말하고는 벌떡 일어서더니 '내게 강 같은 평화'라는 복음송가를 몸을 흔들어가면서 부르자 모두 손뼉을 치면서 따라 부르기 시작했다. 오 집사는 혼자 아이들 셋을 거느리고 웨이트리스를 하면서 살아가는 분이다. 해서 오늘 여전도회장의 목적은 오 집사의 직장을 좋은 곳으로 옮겨주기 위해서 귀한 손님 한 분을 이 버스에 모셔온 터라 혹시 실수를 하면 어쩌나 해서 가슴을 졸였다. 저렇게 힘차게 찬송을 부르면서 맹렬여성의 모습을 과시하는 것도 좋을 것이란 마음에 실눈을 뜨고 아주 만족한 표정으로 오 집사의 얼굴을 응시하고 있었다. 슬그머니 옆에 앉은 모과그룹 회장의 옆구리를 치면서 바로 저 사람이니 중책에 앉혀 많은 월급을 주라고 눈짓까지 했다.

버스는 도심지의 가장자리를 지나고 있었다. 모과회장
의 거대한 빌딩은 요즘 새 단장을 하고 화려한 모습을 거
리에 드러내고 있다. 버스가 그 옆을 지나고 있는 찰나에
궁둥이를 흔들면서 복음성가를 부르던 오 집사가 갑자기
우뚝 서더니 좌중을 심각한 얼굴로 둘러보았다. 무슨 말
을 하려나 해서 모두의 시선이 오 집사의 얼굴에 꽂혔다.
그때 으스대는 거드름을 피우면서 오 집사는 바로 옆 모
과빌딩을 가리키면서 이렇게 말했다. 입에 손나팔을 대고
서 말이다.

"바로 저 빌딩이 유명한 여자의 것인 줄 아시지요?"

그러자 모두 입을 모아 소리쳤다.

"알아요."

"유명한 분이지요?"

"그래요, 예수를 믿지 않는 분이 그렇게 성공한 이유를
알고 있나요. 우리처럼 거룩한 사람이 아닌데도 혼자된
여자가 저렇게 돈을 많이 벌어 시내에서 몇째 안가는 빌
딩을 소유할 수 있었던 이유를 아느냐고요?"

"소문이 자자하더군. 행실이 나쁜 여자라고, 한 번 상세
히 말해보구려."

그러자 오 집사는 아주 신바람이 나서 손나팔을 대고
외쳐댔다.

"모두 부정한 짓을 한 것이지요. 성경이 말하는 육신의

정욕과 이생의 자랑과⋯⋯."

오 집사의 말에 모두 발을 구르면서 웃어댔다. 손뼉을 치면서 웃다가 배를 잡고 웃기도 했다. 오 집사의 뒷말은 입에 담을 수 없는 지저분한 것이라 너무 웃어서 모두의 눈에 눈물이 고이기까지 했다. 이런 와중에 여전도회장의 얼굴은 사색이 되었다. 옆에 앉은 모과회장의 표정은 그야말로 눈을 뜨고 직시하기에는 끔찍한 것이라 어떻게 해야 할지 몰라서 얼굴이 화끈거리기까지 했다. 사실 강 집사의 무덤 옆 공원을 오늘의 기도처로 정한 것은 죽음에 대해 가르치고 싶어서였다. 강 집사는 모과회장이 가장 사랑했던 배꼽 친구였기 때문이다. 이런 기회를 틈타서 전도도 하고 예수 믿는 사람들의 사랑스러운 교제를 보여주어 교회로 인도할 계산에서 애써 데려온 터였다. 더구나 고생하면서 살아가는 오 집사를 모과회사에 취직을 시켜주려는 의도도 있었는데 일은 마구 틀어지고 있었다.

'이를 어쩌나, 이를 어쩌나⋯⋯.'

여전도회장은 이 일을 수습할 지혜가 떠오르지 않아서 쩔쩔매고 있는 터에 모과회장이 벌떡 일어서는 것이 아닌가.

"그 못된 여자가 바로 나요."

그 순간 버스 안은 달나라에 도착한 우주인이 벌렁벌렁 기어다니는 것처럼 인큐베이터 안처럼 괴괴해졌다.

"버스 세우세요. 이런 데 따라온 것이 잘못이지. 나 내릴 터이니 버스를 세우라니까요."

기사는 이럴 때 어떻게 하나 해서 여전도회장의 눈치를 보며 차의 속도를 늦추면서 뒤를 흘끔거렸다.

"스톱, 스톱."

괴성에 가까운 모과회장의 고함에 버스는 끼익 소리를 내면서 길 가장자리에 멈춰 섰다. 모과회장은 분을 삭이지 못하고 식식거리면서 함박꽃이 달린 챙 넓은 모자를 쭈그러서 가슴에 안고는 버스를 내리려고 했다. 그때 오집사가 하늘이 무너질 듯한 고함을 내질렀다.

"이 버스에서 내리면 지옥에 가요. 그냥 타고 가세요. 이건 천국행 버스거든요."

그러면서 이렇게 고백하는 것이 아닌가.

"낮 말은 새가 듣고 밤 말은 쥐가 듣는다더니 내가 잘못했어. 죽을죄를 지었어."

그 말에 모과회장은 웃음을 터뜨리면서 제자리로 돌아가 앉았다. 다시 버스 안은 힘찬 복음성가로 가득 채워졌다. ✶

# 나무에 올라간 남자

엘니뇨현상일까? 어떻게 이렇게 로스앤젤레스의 겨울이 한국의 혹한과 비슷하단 말인가! 밤새 나무 위에 올라가 숨어 있었더니 손발에 마비라도 오는지 떨리는 것도 멎은 지 오래다. 김익태는 그래도 참고 더 참아 그놈을 죽여야 한다는 일념에 감각이 없어진 발가락을 비벼대기 시작했다. 그리고 호주머니에 깊숙이 찔러 넣은 비수가 아직 제자리에 있는지 확인했다.

어제 새벽에도 깜박 조는 통에 그 녀석이 지나가는 걸 놓치지 않았던가. 크리스마스를 앞둔 새벽은 늦게 밝아온다. 가로등이 없는 곳이라 동쪽 하늘이 어떻게 변하는가를 열심히 살펴야 한다. 날이 밝기를 너무 기다린 탓일까? 어둠이 잔뜩 낀 하늘자락이 옅은 감빛으로 변하는 듯해서 그는 숨을 가다듬었다.

인기척이 났다. 집배원이 꽂아 놓고 간 편지로 이름까지 확인해 놓은 바로 그 집에서 나는 소리다.

'그놈, 원수 놈! 내 돈을 몽땅 가지고 도망간 놈, 아내가 왜 가출했단 말인가. 그놈 때문이다. 병든 아들은 약 한 번 맘껏 써보지 못하고 죽어버리게 한 놈. 내 인생을

망쳐버린 놈. 이놈 때문에 부모까지 등을 돌리고 멀쩡한 나를 병신취급을 받게 만든 놈……'

김익태는 이를 으드득 갈았다.

비수를 심장에 꽉 꽂아야한다. 그놈의 심장에서 솟구치는 붉은 피를 봐야 가슴에 응어리로 꽉 막혀 있던 덩어리가 확 풀어질 것만 같았다. 김익태는 인기척이 나는 쪽을 향해 눈과 귀를 모았다. 미국까지 추적하느라고 그나마 가졌던 돈도 다 날려버리고 이제 빈털터리가 되었다. 겨우 귀국할 수 있는 비행기 표가 그가 가진 전부였다. 당장 아침을 먹을 여유도 없을 정도로 호주머니는 비어있었다.

정보를 준 사람은 그의 퇴직금의 반을 뭉텅 잘라 간 사람이었다. 로스앤젤레스에서 삼십 년을 살았기에 이곳 한인들의 사정을 손금 보듯이 잘 안다고 해서 지불한 돈이다. 그놈을 잡기만 하면 그 돈의 백배도 넘는 액수를 받을 터이니 그게 문제인가. 나무 위에 올라가 숨어 하루만 있으면 그 집의 실태를 파악해서 원수를 갚을 기회가 있을 것이라고 일러주지 않았던가. 더구나 이들은 새벽에 나가고 있으니 밤중에 나무 위에 올라가 지키고 있다가 처치하고 집안에 들어가 돈을 챙기라고 하지 않았던가. 차고가 삐거덕거리면서 열리는 소리가 났다. 귀를 곤두세우고 비수를 움켜쥐었다. 그냥 찔러 죽이는 것은 무의미할 것이다. 왜 자신이 죽어야 하는가를 설명하고 찌르리라. 그러자면 차가 나무 앞을 지나기 직전에 뛰어내려 급습해야 한다. 빌려간 돈을 은행이자로 계산한다 해도 원금의 두 배가 넘을 것이다. 그게 어떤 돈인데 꿀꺽하고 미국에 와서 사는 걸 보니 창자가 모두 요동치면서 뱀들처럼 머리를 치켜들었다.

계획적으로 수십 명의 돈을 빌려다 사업을 한다고 떠벌리면서 처음 몇 달간은 이자를 잘 주는 듯하더니 갑자기 증발해버린 놈이다. 그러니 자신이 왜 죽어야 하는지를 가르쳐 주어야 한다.

김익태는 이빨을 다시 한 번 앙당그려 물고 소리 나는 쪽으로 눈길을 던졌다. 낡은 봉고가 막 통과할 즈음 그는 펄쩍 아래로 뛰어내렸다. 순간 헤드라잇이 강하게 비쳐서 눈을 감았다. 갑자기 뛰어든 사람을 보고 차는 옆으로 돌면서 급정거를 했다.

"다친 데는 없소. 웬일이요. 자살하려고 작정한 사람 같군."

차에서 뛰어내린 사람이 넘어진 김익태를 잡아 일으키면서 걱정스러운 투로 말했다. 순간 김익태의 눈발에 핏발이 섰다.

"이 상황에 다친 데가 없느냐고. 한 가족을 몽땅 망하게 해놓고 도망간 자식이 친절한 척하네. 난 너를 지옥까지 따라갈 거다."

김익태는 어둑한 새벽빛에 드러난 남자의 멱살을 움켜잡았다.

"아니 왜 이러십니까? 아악! 아이쿠! 숨을 쉴 수가 없네."

차 안에 있던 여자가 뛰어나오고 뒤쪽에 앉아 있던 건장한 청년, 두 사람까지 가세해서 김익태를 잡아떼느라고 애를 먹었다. 갑자기 독사처럼 돌변해서 날뛰는 사람의 손에 비수가 쥐어진 것을 보는 순간 모두 긴장했다. 다행히 힘에 밀려서 칼을 놓친 김익태는 땅을 치면서 꺼이꺼이 울어댔다.

"아이쿠! 분해 죽겠네. 이 원수 놈을 죽이지도 못하고 이 꼴이 되다니! 너 이갑호, 이 녀석! 나 김익태다. 내 돈을 떼어먹고 여기까지 도망 와서 잘 살 줄 알았냐?"

그러자 둘러선 사람들이 갑자기 조용해졌다. 운전하던 사람이 김익태를 잡아 일으켰다.

"나란 사람이 이갑호요. 그러나 난 당신이 누군지 전혀 모르겠소. 왜 나를 죽이려고 차에 뛰어들고 칼을 휘두르는 것이요?"

사람을 제압하는 차분한 태도와 바리톤의 부드러운 음성에 김익태는 상대방의 얼굴을 새벽빛에 찬찬히 보았다.

"아니! 이건 내가 찾고 있는 이갑호가 아니잖아."

"이갑호란 이름은 맞지만 난 당신을 본 적이 없단 말이오."

"아이쿠! 또 속았군. 이젠 나성의 사기꾼에게 또 당했어."

머리를 떨구는 김익태를 차에 태우고 일행은 새벽시장을 헤집고 다니면서 한물간 과일과 야채를 봉고에 잔뜩 싣는 것이 아닌가. 이 많은 걸 어디에 쓰려고 이러는 것일까? 이상한 생각이 들었지만, 김익태는 낯선 사람의 멱살을 잡은 것에 대한 미안함과 또 그렇다고 어디 갈 곳이 정해진 것이 아니어서 묵묵히 일행에 끼어 따라 다녔다.

"이리 와서 사과 상자들이나 운반해보시오. 보아하니 당신 홈리스 같은데 우리 같이 합시다."

뒷좌석에 앉았던 청년이 다정하게 다가와서 어깨동무를 했다.

"제가 홈리스라고요. 그렇게 보입니까?"

김익태는 기가 막힌다는 표정을 감추지 않았다.

"홈리스가 따로 있는 것이 아니요. 마약에 손을 댔거나 도박판에 끼었다가 잘못 미끄러져 들어가면 그렇게 되지요. 목사님! 이 사람을 우리가 만난 것은 하나님의 은혜지요. 맞지요?"

그러자 멱살을 잡혔던 사람이 머리를 끄덕였다. 얼결에 목사님 댁까지 가서 푸짐한 아침 식사를 대접받았다. 저들과 함께 국을 끓이고 옥수수를 삶고 과일을 함지박만한 그릇에 깎아 담아서 공원으로 운반했다.

옹기종기 모여 섰던 진짜 홈리스들을 붙들고 목사님과 청년들은 사랑의 몸짓을 했고 저들을 위해 간절히 기도해주는 것이 아닌가! 따끈한 국과 준비한 음식을 나누어주는 손길이 모자라서 김익태도 열심히 저들을 따라 다니면서 일을 거들었다. 이마에 흐르는 땀을 닦으면서 김익태는 참으로 오랜만에 평안함을 느꼈다. 멀리서 크리스마스 캐럴이 잔잔하게 햇살을 타고 들여왔다. ✤

# 신종 바보

이두란 여사는 혼자 산다. 그래도 외롭지 않은 것은 남편의 연금을 타 먹고 사니 생활이 궁핍하지 않고 가진 재산도 있어서 친구들과 해외여행도 가고 가끔 비싼 고급 요리점에 가서 친구들 대접도 할 수 있다.

그런데 요즘 문제가 생겼다. 아들도 없이 하나뿐인 딸이 밑바닥으로 굴러 떨어졌다. 사위가 하던 사업이 부도가 나서 길에 나앉게 된 것이다. 사위와 딸뿐만 아니라 이제 초등학교에 다니는 손자와 유치원생인 손녀가 조용하기만 했던 그녀의 집으로 와와 몰려들어왔다.

갑자기 커진 살림을 도맡아야 하고 딸까지 돈을 벌겠다고 뛰어나가니 손자, 손녀의 음식을 물론 교육비랑 심지어 옷, 신발까지 이두란 여사의 몫이 되었다. 게다가 다시 사업을 일으키겠다고 이두란 여사의 집까지 담보로 은행 돈을 빌려 쓰는 바람에 이자까지 모두 이두란 여사의 몫이 되었다. 생활이 쪼들리기 시작했다.

그러자 친구들이 난리를 쳤다.

'정신 똑바로 차려라. 나이 들어 집 평수 늘려 사는 노인, 손자, 손녀 키워 주며 교육비까지 대주는 노인, 며느

리를 딸이라고 생각하고 사위를 아들이라고 믿는 노인은 신종 바보 중에서 최고의 바보다.'

날마다 이렇게 우겨대는 친구들의 아우성으로 귀청이 따가울 정도였다.

그러나 이두란 여사는 입을 꾹 다물고 참는다. 이 모두를 사랑 가운데 용납하려고 눈을 질끈 감는다. 평안의. 매는 줄로 딸의 가족과 하나 되는 연습을 해서 하나님 앞에 잘했다 칭찬받을 소망의 줄을 놓치지 않으려고 단단히 당기면서 외친다.

'그래 나는 신종 바보다, 바보 중에서 최고의 바보야.'

이두란 여사 스스로 바보가 되어도 좋다. 저들을 사랑하니까. ✈

# 이제야 숨통이 트이네


오늘도 하루 종일 사람을 만나지 못했다. 원룸아파트에 갇힌 내 모습이 마치 상자 속에 처넣은 벌레처럼 느껴졌다. 회사에서 배당한 일거리를 다 처리해 보내고 나니 눈이 침침했다. 하루 종일 컴퓨터의 액정만 보고 일을 하니 내가 사람이 아니고 기계의 부속품이 된 기분이다. 처음엔 번거롭게 차를 몰고 회사에 나가지 않고 인간관계에 신경을 쓰지 않으며 옷도 멋대로 입고 화장도 하지 않고 지내니 자택 근무하는 생활이 신이 났지만 사람들의 입김과 말씨름이 없으니 슬슬 이런 생활이 권태롭고 지겨워지기 시작했다.

점심도 굶었으니 무엇이나 먹어야 한다. 냉장고를 열어보니 먹을 것이 하나도 없다. 창밖을 보니 겨울이 지나고 봄이 왔는지 나뭇잎들이 연녹색을 띠었고 15층에서 내려다보니 여자들의 옷차림이 가볍고 색스러웠다. 튜레이닝 바지에 잠바를 걸치고 아파트 앞에 위치한 무인점포에 들어갔다. 여전히 사람의 훈기가 가신 기계와의 대화가 역겨웠다. 10대의 냉장고에 있는 것들 중에 필요한 것들 하나씩 꺼내 장바구니에 담고 기계로 돈을 지불하면 되는데 사람과의 대화가 그리웠다. 해서 우리동네 냉장고를 빠져나와 10분을 걸어 변두리 아파트 끄트머리에 위치한 재래시장으로 향했다. 도시 변두리 시골 동네가 헐리고 아파트가 들어서기 전에 위치했던 곳으로 작은 점포 몇 개와 땅바닥에 쪼그리고 앉아 물건을 파는 할머니들이 눈에 띄었다.

입에서 군내가 나서 무슨 말이라도 하고 싶어진 나는 사방을 둘러보았으나 스쳐가는 군상들은 모두 손에 핸드폰을 들고 거기에 빠져서 옆을 보는 사람도 없다. 모두 달팽이가 되어서 걷고 있었다. 제일 가장자리에 앉은 할머니가 바닥에 때가 꼬질꼬질 낀 보자기를 펼쳐놓고 봄나물을 팔고 있었다. 가까이 다가가서 보니 뿌리째 뽑은 갈색 잎의 냉이를 작은 비닐 소쿠리에 담아 놓았다. 우리동네 냉장고에서는 다 씻어서 양념까지 포장해놔서 물만 부어 끓이면 먹을 수 있게 포장되어 있는데 이걸 사다가 다듬고 씻어서 삶고 양념해서 끓이자면 이건 거대한 노동력을 요구하는 일이었다. 그냥 돌아서서 무인점포인 우리동네 냉장고로 갈까하다가 말이 하고 싶어서 할머니 앞에 앉았다. 처녀가 냉이를 사겠다고 앉으니 신기한 듯 노파는 멈칫했다.

"세상에! 처녀가 이걸 사다 어떻게 요리하는지 알아?"

"이거 얼마에요?"

"한 소쿠리에 2000원. 혼자 먹으려면 한 소쿠리만 사가."

할머니의 손이 눈에 들어왔다. 진짜 마른 나뭇가지처럼 비쩍 말라 앙상한 손끝은 기름기가 모자라 쩍쩍 갈라지고 굳은살이 박혀 갑자기 연민의 정이 솟구치며 가엾다는 생각이 들었다. 보자기에 깔린 것을 다 사면 다섯 소쿠리 정도 될 터이다. 만원이면 이 할머니는 집으로 가서 쉴 수 있을 것이다. 이걸 사서 버리더라도 착한 일을 하고 싶다는 마음에 나는 아주 당당하게 나섰다.

"할머니! 이거 제가 다 살게요. 전부 얼마지요?"

"이걸 다 사겠다고?"

"몽땅 제게 파세요. 그리고 어서 집에 들어가 쉬세요."

"안 팔아."

"왜요? 할머니! 어서 다 제게 파시고 집에 일찍 들어가셔요."

"한 소쿠리만 사가. 다 안 팔아."

"제가 이걸 다 사는 것이 할머니를 불쌍히 여겨 그러는 것이 아니고 필요해서 사는 거라고요."

그러자 할머니는 안 판다고 한 소쿠리만 비닐봉지에 담아서 내밀고는 보자기 끝자락으로 남은 냉이를 덮어버렸다.

"할머니! 제가 오늘 이걸 다 사서 삶아서 냉동시켜놓고 먹으려고 그러니 파세요. 냉이는 한 철이라 이 시기가 지나면 살 수 없잖아요. 어서 저에게 다 파세요."

그러자 이마에 깊은 주름을 잡으며 할머니는 혼자 중얼거렸다.

　　"이걸 몽땅 팔아버리면 난 무얼 팔라고 그래."

　　"으하하……. 아이쿠, 가슴이야. 으하하……. 할머니 진짜 웃긴다."

　　나는 터져 나오는 웃음을 맘껏 봄하늘을 향해 터트리고는 돌아섰다. 그래도 할머니와 옥신각신 이런 대화라도 나누고 웃고나니 막혔던 숨통이 트여서 살 것만 같았다. ✿

# 금수저의 묘비

 젊고 아담하게 생긴 여인이 이름이 널리 알려진 시인의 집을 찾아왔다. 전혀 안면이 없는 미인이 찾아와서 시인은 의아한 표정을 감추지 못하고 맞아들였다. 삼십 대 중반의 여인은 상당한 부유층의 여자로 귀걸이도 화려했고 입은 옷도 눈에 띄게 고급스러워 보였다.

 "어쩐 일로 오셨습니까?"

 "제 아버지의 묘비를 써주시면 후히 사례하겠습니다. 유명한 시인 선생님이시니 아주 멋있게 써 주실 줄 믿습니다."

 여자는 두툼한 돈 봉투를 시인 앞으로 밀어주면서 화사하게 웃는다. 웃음에도 돈 냄새가 물씬 풍겼다.

 "돌아가신 분을 만난 적이 없어서 어떻게 써야 할지 모르겠습니다. 고인의 이야기를 좀 해주세요."

 그러자 여인은 아주 간략하게 말했다.

 "부잣집에 태어나서 일생을 한결같이 편안하고 착하게 살다가 아주 조용히 돌아가셨습니다."

 "보통사람들이 하는 것처럼 묘비에 고인의 이름과 자녀의 이름을 기록하지 그러세요."

그러자 여인은 핸드백에서 종이쪽을 꺼내서 읽어 내려 갔다.

"나폴레옹은 죽을 적에 '프랑스, 군대, 조세핀'을 부르면서 죽었답니다. 괴테라는 사람은 '빛을, 더 많을 빛을 달라'고 외쳤고요. 베토벤은 죽을 적에 '친구여, 희극은 끝났다.'고 했대요. 예수님은 돌아가실 적에 '다 이루었다'고 했고요. 그러니 제 아버지 묘비에도 이런 식으로 멋진 문구를 시로 읊어서 써 주세요."

유명한 시인은 고민하다가 여자가 만나자고 약속한 날, 종이쪽에 다음과 같이 적었다.

'잘 태어나서 잘 살다가 잘 죽었다.' ✶

# 핑크빛 마음

요즘 기숙의 마음을 색깔로 표현하면 숯검정이다. 어느 것 하나 제대로 돌아가는 일이 없다. 교회에 가면 목사님이 장로들하고 싸워서 술렁거리고 집에 오면 남편이 실직하고 백수건달로 늘 거실에 자릴 잡고 있어 몸도 마음도 쉴 데가 없다. 하필이면 밖에는 춘설이 분분하고 바람이 미친 듯 불어서 어디 한군데 마음 둘 곳이 없었다. 이런 날 시집간 딸이 심방이 있다면서 유치원에 다니는 손녀를 맡기고 나갔다. 개척교회를 한다고 늘 이런 식이다. 먹을 것이 없다고 아예 친정 쌀독을 파가는 일 말고도 이렇게 육체적으로 힘든 몫까지 친정어머니인 기숙에게 떠맡기고 있다.

옆집 아이가 외손녀와 동갑내기라 놀러 와서 함께 두었더니 그 애가 외손녀의 손등을 물어뜯는 사고가 났다. 마침 현장에 있던 그 애의 엄마가 잘못했다고 빌라고 야단을 치자 눈물만 뚝뚝 흘리면서 울기만 한다.

보다 못한 외손녀가 이웃 아이의 어깨를 다독이면서 말한다.

"니가 나를 깨물었잖니. 지금 니 마음은 블랙이야. 예수님이 니 마음을 워시(wash)해 줄 거야. 그럼 니 마음이 핑크가 될 거다. 알았어. 다음부터는 그러지 마."

주일학교 학생들을 모으기 위해 목사의 아내인 딸이 전공인 영어를 살려서 매 주일 교회에서 유아영어교육을 하고부터는 외손녀가 한국말과 영어를 섞어 쓰는 버릇이 생겼다.

외손녀의 말을 들으면서 기숙은 내심 뜨끔했다. 그녀의 마음이 블랙이기 때문이다. 개척교회를 하는 딸네가 가난해도 신앙교육을 잘해서 저런 말이 나오는구나 하는 깨달음이 오자 그녀의 마음에 핑크빛이 차올랐다. ✯

# 신묘한 일

　남편이 사업에 실패해서 지하 셋방으로 옮겨 앉은 오
여사는 너무 창피해서 밖에 나갈 수도 없었다. 남편의 사
업이 번창할 적에는 자가용도 굴렸고 50평이 넘는 아파
트에서 떵떵거리면서 살았는데 그 모든 것이 물거품이 되
어서 이제 거지가 되었다. 60고개를 막 넘긴 나이에 친구
들 집에 가면 따뜻한 보금자리에 먹을 것도 넘쳐나고 손
때가 적당히 낀 기름기가 도는 가구와 커튼에 고여 있는
아늑한 가정 냄새가 오 여사에게서는 사라졌다.

　아무리 생각해도 이 나이에 이르도록 그녀는 당당하게
저들처럼 살아야 할 정도로 수고하고 살았는데 어느 날
갑자기 낭떠러지로 굴러 떨어져버렸다. 다른 친구들처럼
그렇게 안정된 삶을 살아야 할 자격이 있는데 말이다.

　겨울은 깊어 가고 지하방은 춥고 답답해서 숨을 쉬기도
거북했다. 죽는 길밖에 없다는 우울증에 시달리다가 밖으
로 뛰어나온 오 여사는 육교로 올라갔다. 아래를 내려다
보니 차들이 질주한다. 그 밑으로 그냥 떨어지면 이 세상
을 하직하는 셈이다. 삶과 죽음의 순간이란 종이 한 장 차
이였다. 발만 한 발자국 내딛는다면 되니 말이다. 그동안

여기저기 돌아다니며 얼마나 아늑한 평안을 누렸던가! 그 옛날이 그리웠다.

보통 때는 몰랐는데 육교에서 내려다보니 얼마나 차들이 빨리 달리는지 정신이 빙빙 돌 지경이었다. 문득 차를 몰고 가는 사람들이 용감하다는 생각에 이르렀다. 저렇게 달리는 차 속에서 어떻게 그토록 평안하게 이야기를 나누고 음악을 들으며 깔깔대는지 신비로워 보였다. 조금만 옆으로 핸들을 돌리면 차도 부서지고 그 안에 탄 사람은 달걀처럼 으스러질 터인데 조금도 두려워하지 않고 저렇게 달리고 있는 사람들이 무모하게 용감하다는 생각도 들었다. 오 여사 자신도 잘 나갈 적에는 저 대열에 끼어서 거센 물결에 휩싸여 급한 바람에 불려가듯 정신없이 밀려다녔는데 지금은 그 대열에서 빠져나온 상태로 무섭게 밀려가는 인파와 차들을 보면서 현기증을 느끼고 있었다.

갑자기 오 여사의 달걀 같은 몸을 지켜주신 하나님께 감사하는 마음이 물밀 듯이 가슴속으로 밀려 들어왔다. 저 대열을 파고 다니면서 걸을 적에도 긴 세월 지켜주신 그분이 너무 신비롭게 다가왔다. 이렇게 살아서 숨을 쉰다는 사실이 놀라웠다. 저 인파의 급류를 타고 흘러가면서도 다치지 않고 온전한 몸으로 그 대열에서 빠져나와 저들을 바라볼 수 있다는 사실에 몸을 떨었다.

60평생 긴 세월 달걀 같은 몸이 깨지지도 않았고 금도 가지 않을 정도로 지금까지 살아있다는 사실은 그야말로 신묘한 일이었다. 가슴에 손을 대었다. 심장이 쿵쿵 뛰고 있었다. 살아있다는 증거였다. 살아서 숨을 쉬고 있다는 사실이 너무 감사하다는 말이 입 밖으로 술술 터져 나왔다. 자신의 몸이 너무 신비했다.

60평생 다치지 않고 살아서 숨을 쉬고 있다는 사실에 감격해서 그까짓 가진 것이 없어도 좋사오니 하면서 오 여사는 콧노래를 부르면서 지하방으로 향했다. ✴

# 내 모습 이대로

장숙은 키가 1백85센티나 된다. 헝가리나 북유럽엔 장신의 여자들이 많지만 한국엔 이런 장신이 드문 현실이다. 여자가 너무 커서 서른 살이 넘었는데도 신랑감 찾기가 힘들었다. 그렇다고 국제결혼을 할 정도의 형편도 아니고 용기도 없다. 해서 자나 깨나 어떻게 하면 작아질 수 있는가 고민했다. 항상 굽이 없는 납작한 신을 신고 어깨를 엉거주춤 앞으로 숙이고 걷는다. 얼굴이나 젖가슴은 성형이 가능한데 장신을 줄이는 수술은 아직 연구를 하지 않아 불가능한 모양이다. 작은 키를 늘려준다는 광고는 보았으나 장신을 줄여준다는 소린 없다. 지금 시대 모두가 장신을 선호해서 그런다지만 장숙의 경우는 죽고 싶을 만큼 고민거리였다.

중고등학교 시절엔 농구선수로 적합하다고 스카우트도 들어와 현장에 나가보니 운동에는 달란트가 없어 몇 달간 농구장을 뛰어다니다가 그만 두었다. 장신에 맞는 남편감 고르기는 참으로 힘들어 날마다 그녀는 열등감에 푹 절어서 고통 중에 살고 있었다.

그런 장숙에게 다정한 목소리가 다가왔다.

"키가 줄기를 그렇게 소원하오?"

"그럼요. 제 장신을 줄여 준다면 무슨 짓이라도 하겠어요."

"방법이 있는데 내 말을 듣겠소?"

"장신을 줄여준다면 무슨 요구나 다 듣지요."

그는 정이 뚝뚝 떨어지는 목소리로 소곤거렸다.

"오늘 새벽 3시에 문을 두드리는 난쟁이가 있을 거요. 그 사람에게 결혼해 달라고 애걸하면서 매달리시오. 그럼 난쟁이가 싫다고 할 거요. 난쟁이가 한 번 싫다고 할 때마다 5센티가 줄 것이요."

장숙이는 가슴을 졸이면서 초인종 소리에 귀를 기울였다. 진짜로 새벽 3시에 초인종이 울렸다. 문을 와락 열고 장숙은 난쟁이를 향해 거침없이 결혼하자고 매달리자 난쟁이는 싫다고 머리를 흔들면서 사라졌고 그녀의 키는 진짜로 5센티가 줄었다. 연속해서 초인종이 울릴 때마다 그렇게 했더니 키가 1백65센티까지 줄어들었다. 그러자 장숙은 고민했다. 더 줄일까, 그냥 이대로 있을까. 이제는 결혼하자는 말을 고만 해야지 하는 순간 다시 초인종이 울렸다. 그러자 장숙은 주위의 아담한 키를 가진 친구들을 떠올리며 한 번만 더 줄이면 160센티가 좋겠다는 마음이 들었다.

초인종 소리를 듣고 장숙은 반가워서 문을 와락 열고 소리쳤다.

"저와 결혼해주시겠어요?"

"난쟁이와 정말로 결혼하고 싶어요?"

"그럼요. 결혼할게요."

그러자 난쟁이가 요번에는 아주 격렬하게 머리를 마구 세차게 흔들고 강하게 거부하는 몸짓을 하면서 소릴 질렀다.

"싫어, 싫어, 싫어, 싫어, 싫어."

그러자 장숙의 키가 1백40센티로 줄어버렸다. 한순간에 난쟁이가 된 셈이다. 갑자기 시장기를 느끼게 되자 그녀는 음식점을 찾아 번잡한 중심가로 나갔다. 난쟁이 몸이 인파에 폭 묻히는 바람에 장숙은 사람들의 등짝이나 궁둥이가 앞을 가려 숨쉬기도 답답하고 둘러보니 사방이 막혀 앞이 보이질 않았다. 밑을 보니 다리, 다리, 다리의 숲이었다. 게다가 키만 줄어들었으니 머리통과 발이 큰 난쟁이는 몸의 균형이 맞지를 않아서 자신이 보기에도 꼴불견이었다. 사람들 앞에 나서기 흉한 괴물로 변신한 셈이다.

그러자 장숙은 몸부림치면서 통곡했다.

"차라리 옛날 본모습이 더 좋아. 키다리가 좋단 말이야. 장신으로 돌아가고 싶어."

온몸이 흠뻑 젖도록 울다가 번쩍 눈을 떴다. 꿈이었다. 거울 앞에 섰다. 난쟁이가 아닌 키다리였다. 너무 기뻐서 장숙은 자신의 소중한 몸을 어루만지고 손뼉을 치면서 환호성을 내질렀다.

"내 모습 이대로가 좋아. 이렇게 큰 것이 축복이야." ✻

# 지혜로운 목사

이 교회의 문제점은 김경식 장로와 김경만 장로 형제이다. 일 년을 견디지 못하고 계속 목사가 바뀌는 이유는 형인 김경식 장로가 더 악해서이다. 시장에서 두 형제는 과일 도매상을 하는데 어찌나 거친지 교인들은 아무도 그 앞에서 찍소리도 못한다.

새로 온 목사를 앞에 놓고 커피 잔을 내던지며 소리를 치는 바람에 아니꼬워서 어느 목사나 모두 일 년이 되기 전에 이 교회를 떠나고 있어 교인들도 많지 않았다.

생각다 못한 김 목사는 교회를 떠나도 두 장로를 야단 치고 나가야겠다고 생각했다. 제일 먼저 형인 김경식 장로 집을 심방했다. 안방 벽에 두 형제의 사진이 사진틀도 호화롭게 장식해서 걸려 있고 예수님의 사진은 거실 탁자 위에 덜렁 놓여 있었다. 처음에 이 집에 들어설 적에는 그렇게 교만하게 나대다가는 하나님이 미워해서 심판이 자자손손 내린다고 말씀을 가지고 야단칠 목적이었으나 사진을 보면서 김 목사는 마음이 바뀌었다.

"두 장로님 사진이 아주 보기 좋습니다."

"우리 김씨 집안의 자랑거리입니다. 형제가 나란히 한

교회의 장로로 시무하니까요."

"그런데 왜 예수님은 따로 있습니까?"

"네에?"

"가운데 예수님을 놓고 양쪽에 두 분 사진을 걸면 아주 보기 좋을 것입니다."

김경식 장로는 신바람이 나서 가운데 예수님을 놓고 그 오른쪽과 왼쪽에 두 장로의 사진을 안방 벽에 자랑스럽게 걸었다. 자신들이 예수님과 같은 눈높이로 있다는 것에 아주 으쓱했다.

그걸 올려다보면서 김 목사는 묘한 웃음을 흘렸다. 그리고 중얼거렸다.

'예수님의 양쪽에 달린 두 강도라니!' ✴

# 내가 보았어요

"그 사람은 절대로 장로로 세울 수 없습니다."

홍 장로가 입에 거품을 물면서 열두 명의 장로들이 둘러앉은 당회에서 기염을 토한다. 장로를 뽑는 일이 자칫 잘못하면 교회의 시험이 되기 때문에 목사님도 신중을 기하면서 어렵게 입을 연다.

"성도들의 신임도가 높고 또한 외적으로 봐도 괜찮습니다."

목사님이 그의 기록을 천천히 읽어 내려간다.

'십일조도 잘 내고 있고 감사헌금도 한 달에 두어 번씩 거르는 예가 없다. 소망부에서 봉사하며 노인들 잔치에도 특별회비를 듬뿍 내놓아서 칭찬이 자자한 사람이다. 더구나 가족들 모두가 교회출석이 좋다. 단지 흠이 있다면 주일을 가끔 비우는 것인데 그건 직장 때문에 어쩔 수 없다는 부교역자들의 소견서도 붙어 있다.'

그런 기록을 듣고 이런 사람을 장로로 세워야 한다는 의견이 대세였다.

그러자 홍 장로가 악을 썼다.

"글쎄 제가 이유가 있어 그렇게 말하니 믿으세요."

답답해진 목사님이 조금 불쾌하다는 어조로 물었다.

"도대체 그 이유가 무엇입니까? 소문도 믿지 못할 것이 많습니다."

"확증이 있다니까요."

"그 확증이란 것이 믿을 만한 것입니까?"

홍 장로가 가슴을 딱 펴고 당당하게 말한다.

"지난 주일에 성수주일을 하지 않고 골프 치는 걸 제가 두 눈으로 똑똑히 보았어요. 저하고 한 팀이 되어서 쳤다니까요." ✱

# 지푸라기

고희를 넘긴 김 할머니는 삭신이 쑤셔 빨리 죽고 싶다는 생각뿐이다. 허리는 구십 도로 휘고 다리는 이제 휘휘 돌아가면서 쥐가 자주 나고 속은 쓰려서 음식을 제대로 소화할 수조차 없다. 아들 셋과 딸 둘을 길러서 시집 장가 보내고 나니 남편이 중풍으로 쓰러져 5년 동안 똥오줌을 받아 냈더니 진액이 다 빠져서 이젠 자신이 길에 버려진 지푸라기 같았다.

진짜로 꿈속에서 김 할머니는 지푸라기가 되어 바람에 불려 다녔다. 먼지가 풍풍 일어나는 큰길가의 지푸라기 신세가 되어서 이리저리 천덕꾸러기로 사람들에게 짓밟히고 개들이 와서 오줌을 깔리기도 했다. 이젠 지푸라기 형태도 거의 사라져서 보잘것없는 쓰레기와 같은 신세였다.

그때 새 한 마리가 날아와서 허리가 동강 난 지푸라기를 입에 물고 날아가더니 둥지를 짓는 데 사용하였다. 나머지 반 동강이 난 지푸라기는 농부가 지나가다 주워서 집에 가지고 가더니 새끼줄을 꼬는 데 집어넣어 멋진 새끼줄 일부가 되었다. 김 할머니는 새 새끼들을 품어 주는 새 둥지가 되어서 행복했고 새끼줄이 되어서 좋았다. 좋아서 춤을 덩실덩실 추다가 잠에서 깨어난 김 할머니는 벌떡 일어나 앉았다. 자신의 신세가 버려진 지푸라기라고 생각했던 것이 이런 꿈으로 둔갑한 모양이다.

"보잘것없는 지푸라기라도 새나 농부가 들어서 쓰면 가치 있는 물건이 되는 법인데 나를 누가 들어 쓰면 이렇게 될까?"

순간 머리에 스치는 생각이 그녀를 벌떡 일어나게 했다.

"나를 창조한 하나님의 손에 들려지면 되는 것이구나."

이런 생각에 이르자 김 할머니는 벌떡 일어나서 교회로 허겁지겁 달려갔다. 새벽 찬송 소리가 우렁차게 골목까지 울렸다. ✿

# 어리석은 부자

"사흘을 못 넘길 것 같습니다. 준비하시기 바랍니다."

자꾸만 얼마나 살 수 있겠느냐, 다른 사람과 달라서 대기업을 소유한 사람이니 유산처리도 해야 하지 않겠느냐고 보채는 바람에 의사는 어쩔 수 없이 이렇게 사실을 말하고 뒷감당이 힘들었는지 휭 나가버렸다.

김 회장 혼자 남아 곰곰이 생각해 보니 기가 막혔다. 어떻게 일군 재산인가! 아버지의 유산도 없이 이만한 재산을 혼자 손에 당대에 벌었다는 것은 그만큼 고생을 했다는 뜻이다. 절대로 이 많은 재산을 두고 떠날 수는 없다. 아무리 생각해도 억울하고 분했다.

너무 많이 생각하니 골이 아프기 시작하더니 눈알이 빠져나올 듯했다. 호출 벨을 울렸다. 간호사가 달려왔다.

"내 담당의사와 단둘이 독대하고 싶소."

어리뜩한 표정을 지으며 의사가 들어왔다. 죽음을 앞둔 사람들은 대부분 아주 이상해지기 때문에 마음이 착잡했다.

김 회장은 담당의사를 베개 가까이 오라고 손짓으로 부른 뒤에 다정하게 의사의 두 손을 잡았다. 그리고 부드럽게 속삭였다.

"내가 꼭 한 달만 더 살 수 있도록 부탁하네."

"……."

"하루에 50평짜리 아파트 한 채씩 계산하여 자네에게 줄 터이니 그럴 수 없을까?"

김 회장은 한 달이면 30채인데 너무 많이 주는 것이지 해가면서 고민에 빠져 그 값이 얼마더라 부지런히 속으로 계산해 본다. ✸

# 화난 얼굴

강 장로와 박 장로는 인천공항을 뜰 때부터 입이 툭 튀어나와 있었다. 팔월 복더위에 베트남과 캄보디아에 가서 선교현장을 조사하고, 보낸 헌금이 잘 쓰여서 교회를 잘 짓고 있는지 보고 오라는 선교회의 임무를 맡았다. 베트남보다 캄보디아에 갈 일이 한심했다. 40도를 오르내리는 찜통더위는 생각만 해도 아찔했다. 이번에는 다른 장로들이 갔으면 좋으련만 모두 머리를 흔들어서 두 사람에게 임무가 주어진 셈이다.

두 장로는 어려서부터 한 마을에서 자라난 터라 아주 사이가 돈독한 처지다. 해서 이번 여름에는 두 가정이 어울려 남쪽 바다의 사도로 여름휴가를 떠나기로 했는데 보름간이나 선교지 순례를 떠나게 되었으니 분통이 터질 지경이었다. 두 가정의 중학교에 다니는 아이들이 공룡의 발자국으로 유명한 사도로 가자고 보채서 정한 여행지였는데 이래저래 식구들 반발이 대단했다. 한 달 전쯤 연락해 주었다면 여행일자를 조정했을 터인데 날자가 박두해서 가라고 하니 어쩔 수 없이 순종하는 마음으로 나서기는 했지만, 속이 부글부글 끓었다.

호찌민시의 탄산롤 공항에 내렸는데 선교사가 나오지 않았다. 이것도 두 장로의 마음에 분을 자아내서 기분 나쁜 표정이 얼굴에 가득했다. 얼굴은 생각의 색깔대로 물들게 마련이라 끔찍할 정도로 무서운 그늘이 두 사람의 몸에 서렸다. 공항 밖으로 나가니 훅훅 덤벼드는 뜨거운 바람에 숨이 막혀 투덜댔다.

몸이 왜소하고 키가 작은 베트남 청년이 팻말을 들고 어릿거리며 서 있었다.

'박기정, 강정무 장로님'

그 청년이 이끄는 대로 차에 올랐다.

두 장로는 참지를 못하고 노골적으로 분노를 터뜨렸다.

"에이! 우리가 왔는데 선교사란 자가 개 보듯 하는군. 선교비를 당장 끊어야겠어. 선교사란 자가 똥 멍청이, 개새끼군."

그러자 베트남 청년이 핸드폰으로 선교사에게 연락을 한다.

"지금 장로 두 마리가 왔습니다."

선교사를 도와 일을 하는 베트남 청년은 서툰 한국말을 더듬거리면서 말했다.

"야! 이 개새끼야! 우리가 개, 돼지라도 되느냐. 마리가 뭐냐."

참다못한 강 장로가 뺨을 씰룩거리면서 성난 목소리를 버럭 내지른다. 그러자 화를 내는 장로의 얼굴을 물끄러미 쳐다보던 베트남 청년이 다시 전화기에 대고 선교사에게 한마디 한다.

"지금 한 마리가 뭐라고 합니다." ✸

# 근심 걱정


　자정이 넘었으나 남편은 감감무소식. 황사가 불어 못
오는 걸까. 오늘 같은 날은 천지가 온통 누런 진흙물이 들
어 일 미터 앞을 볼 수 없을 정도다. 고비사막을 고스란히
옮겨다 놓은 듯하다. 시야가 흐린 탓에 운전할 수가 없어
회사 근처, 여관에서 자는 것일까. 아니면 예쁘게 생긴 여
자에게 반해서 모텔에라도 들어간 것은 아닐까. 가슴이
쿵쿵 뛸 정도로 마음이 불안하다. 너무 마음이 심란하여
소영은 앉아 있을 수도 없었다.

　핸드폰도 받지 않는다. 혹시 억지로 집에 오려고 운전
을 하다가 사고가 나서 응급실에 실려 간 것은 아닐까. 생
각이 이에 미치자 걱정과 근심으로 불안해진 나영은 가슴
을 두 팔로 감싸 안고 창가에 섰다. 휘몰아치는 세찬 바람
에 옆집 쇠대문이 덜컹거린다.

　네 살짜리 딸, 휘영도 잠을 못 이루고 베개에 이마를 박
고 엎드려 궁둥이를 하늘로 치켜 올린다. 그 나이에 어울
리지 않을 정도로 어린아이답지 않게 몹시 괴로워하는 모
습이다.

　"왜 그러니? 엄마처럼 잠이 오지 않니?"

"으응."

"아빠가 아직 들어오지 않아서 걱정이 돼서 너도 그러지?"

"아니."

"그럼 엄마가 자장가 불러 줄까?"

딸애는 머리를 세차게 흔들다가 얼굴을 찡그리고 중얼댄다.

"내가 크면 아빠가 될까. 엄마가 될까?"

"바보야! 넌 여자니까 이다음에 크면 당연히 엄마가 되지."

"난 아빠가 되고 싶어. 난 아빠가 좋아. 엄마는 싫어. 난 아빠가 될 거야."

딸의 웃기는 근심 걱정에 나영은 웃음을 참을 수가 없었다. 하지 않아도 될 당연한 일을 놓고 걱정을 하다니! 그나저나 그녀 자신은 이 밤에 왜 이렇게 많은 근심 걱정을 하고 있는 것일까.

지금 그녀를 하나님이 내려다본다면 딸, 휘영이처럼 보일 것이란 생각에 이르자 나영은 부끄러운 듯 딸에게 등을 돌리고 빙긋 웃었다. ✦

# 지루한 천국

여섯 살 난 아들과 엄마가 유치원에서 집으로 향하고 있었다. 둘이서 산등성이를 휘돌아 매일 다니는 길가에 봄이 무르익어 개나리와 벚꽃이 흐드러지게 피어 있었다.

산기슭의 무덤들 위에 할미꽃이 한창이다. 엄마와 아들은 나란히 산소 곁에 앉았다.

"우린 죽은 뒤에 천국에 간단다. 여기 묻힌 사람들도 모두 천국에 있을 것이다."

"천국은 어떤 곳이야?"

"무서운 사자랑 호랑이가 우리하고 친구가 되지."

"뱀은?"

"아이들이 뱀이 살고 있는 구멍에 손을 넣어도 뱀들이 헬로 하고 인사하지."

"좋겠다."

신이 난 엄마가 천국에 대하여 장황하게 늘어놓는다.

"천군 천사들이랑 노래를 함께 부르고 예수님이 그 한 가운데 서 있고 또 모두가 사랑하며 미워하지 않고 지낸단다."

"좋겠다."

"공부하지 않아도 되고 아프지도 않고 너무너무 재미있게 사는 곳이란다."

"참 좋은 곳이구나."

"모두가 깔깔 웃고 우는 사람은 단 한 사람도 없단다."

그러자 아들이 얼굴을 찡그리면서 한숨을 쉬었다.

"유치원에서 내가 때릴 때마다 앙앙 울어대는 영희가 없으니 천국은 되게 지루하고 재미없겠다." ✗

# 진짜 사랑

함경도 풍산에 자리 잡은 험하고 높은 금패령(禁牌嶺)은 구름도 걸려서 쉬어갈 정도로 험준해서 장정도 혼자 넘기 힘든 고개라고 한다.

때는 조선 시대, 어느 봄날 한 사나이가 그 고개를 혼자 넘다가 산골 마을 근처 가파른 내리막길에서 혼절해버렸다. 해가 서쪽 하늘에 걸려서 발그레한 연시 빛깔을 토해낸다. 깊은 산중이니 곧 땅거미가 밀려올 터이고 그대로 두면 얼어 죽든지 아니면 짐승이 입질할 수도 있다.

산나물을 캐러 나온 아낙들이 바구니에 차오르는 삽주, 두릅, 고사리, 고비, 도라지, 으아리에 반해서 손놀림이 바쁘다. 이때 한 아낙이 혼절할 듯 외마디 비명을 질렀다. 겨울잠을 자고 나온 독사에라도 물렸나 싶어 모두 벌떡 일어섰다. 비명을 지른 여인이 가리키는 손끝에는 야윌 대로 야윈 한 사내가 모로 쓰러져있었다. 쓰러진 사내를 본 아낙들은 남세스러운 일을 당했다고 모두 산나물 바구니를 챙겨 들었다. 그 당시 조선은 남녀칠세부동석이라 남녀가 서로 얼굴을 마주할 수 없는 시대였다. 그런데 유독 한 여인만이 쓰러진 사내에게 다가갔다. 소작을 부치는 농투성이 남편을 둔 아낙으로 백일 지난 아기를 집에 놓고 와서 젖이 퉁퉁 불어 저고리 앞섶이 흥건히 젖어있었다. 사내는 험한 재를 넘으면서 굶고 지쳐 기진맥진하여 정신을 놓은 듯했다. 그녀의 옹이 지고 거친 손이 사내의 보드랍고 뽀얀 손을 잡아끌었다. 무릎 위에 사내의 머리를 편하게 누이고 앞가슴을 풀어헤치더니 사내의 입안으로 젖을 짜 넣은 것이 아닌가. 퉁퉁 부은 젖통에서 힘차게 뿜어 나오는 우윳빛 젖이 사내의 헤벌어진 입안에 그득 고였다.

이걸 본 아낙들은 황당한 광경에 모두 머리를 흔들고 줄행랑을 치면서 입을 모아 외쳤다.

"아이쿠! 망측해라. 어떻게 젊은 여자가 외간남자의 입에 젖통을 들이대고 젖을 먹여."

"아주 정신이 회까닥 돌았군. 에구구! 별꼴 다 보겠네."

아무리 본데없이 자라서 무람없는 여자지만 보기만 해도 고약했다. 아낙들이 돌아가 입이 헤프게 짓까부는 통에 마을이 발칵 뒤집혔다.

"자네의 아내가 젖통을 어떤 비렁뱅이 사내 입에 물리고 있다더군. 이런 해괴한 일이 어떻게 우리 마을에 있을 수 있어."

산골 마을에서 이런 난리가 일어나는 동안 여인은 양쪽 젖을 모두 혼절한 사내의 입속에 짜 넣었다. 그러자 손가락을 발발 떨면서 사내는 뿌연 눈을 치켜떴다. 서서히 정신이 돌아온 사내는 입가에 젖을 흘리면서 일어나 앉았다.

"아이쿠! 저를 살려 주셨군요. 이 은혜를 어떻게……."

그때 소문을 들은 여자의 남편이 낫을 들고 산비탈을 헐떡이면서 뛰어오르고 있었다.

"내가 반드시 연놈을 단숨에 이 낫으로 죽여버릴 거야."

여자의 어깨를 잡고 간신히 몸을 일으킨 사내는 걸을 힘도 없어서 아낙의 몸에 기대어 부축을 받으면서 천천히 걷고 있었다.

"이 화냥년아!"

남편이 여자의 머리끄덩이를 잡아 길바닥에 패대기치고 시퍼렇게 벼린 낫을 치켜들고 식식거렸다. 갑자기 오쟁이 진 남자가 되어버린 여자의 남편은 선불 맞은 멧돼지처럼 날뛰었다.

"여보시오. 내 말을 좀 들어보시오. 부인이 무슨 잘못이 있다고 이러시오. 죽어가는 사람을 살려 준 것뿐이니 용서하구려."

"아무리 산중이라지만 남편이 있는 여자의 젖을 빨아 먹어."

시퍼런 낫날이 지는 햇살을 받고 전율할 만큼 퍼런빛을 뿜어냈다. 위기의 순간에 사내는 호주머니에서 무엇인가를 꺼내 위로 높이 치켜들었다. 호기심을 가지고 뒤따라온 동네 청년 중에서 비명이 터져 나왔다.

"마패다. 마패야."

그러자 사람들이 일제히 그 자리에 엎드렸다. ✣

# 마리아를 인질로 잡은 소년

소년은 언제나 혼자였다. 어머니는 가출해버렸고 아버지와 둘이 살고 있다. 사람들이 아버지를 놓고 해결사라고 등 뒤에서 쑥덕거린다. 아버지는 전화통을 붙들고 늘 소리를 지르며, 매일 늦잠을 자고 일어나서 밤에 바쁘게 돌아다닌다. 이제 다섯 살이 되어가는 소년은 성당에서 운영하는 집 옆의 유아원에 다니는데 성탄절이 오자 아이들 모두 기대에 들떠있었다. 코가 빨간 루돌프 사슴이 모는 썰매를 타고 오는 산타클로스 할아버지가 선물을 머리맡에 놓고 간다고 한다. 그런데 소년은 단 한 번도 그런 선물을 받아 본 적도 없고 산타클로스 할아버지를 만난 적도 없다. 해서 소년은 유아원에서 배운 식으로 기도를 했다.

"예수님, 저에게도 이번 성탄절에는 선물을 꼭 주세요. 저는 나쁜 소년이 아닙니다. 그러니 저에게도 다른 아이들처럼 꼭 선물을 주셔야 해요."

그런 기도가 아무래도 효력을 낼 것 같지가 않았다. 예수님은 모든 걸 다 알고 있는데 거짓 기도를 했기 때문이다. 해서 기도를 바꿨다.

"예수님, 아까 기도는 거짓말이에요. 전 아주 나쁜 아이예요. 그래도 절 불쌍하게 보시고 선물을 꼭 주세요. 그러면 다시는 나쁜 짓을 하지 않겠습니다. 이번에 선물만 받으면 꼭 착한 아이가 될 것입니다."

이런 기도로도 산타 할아버지가 소년에게 올 것 같지가 않았다. 아무래도 아버지가 하는 방법을 쓰는 것이 좋을 것이란 생각에 미치자 벙어리장갑을 끼고 털목도리를 두르고 유아원이 속해 있는 성당으로 갔다. 언제나 성당 문은 열려 있다. 문을 밀치고 안으로 들어가니 희미한 불빛 밑에 아무도 없었다. 조그마한 분수대 옆자리에 있는 마리아상은 소년이 운반하기 딱 좋을 정도로 작았다. 그는 그것을 얼른 가슴에 안고 집으로 돌아왔다. 하얀 마리아상을 앞에 놓고 소년은 진지하게 기도했다.

"예수님! 이제 알아서 하세요. 제가 마리아를 인질로 삼았으니 마음대로 하세요. 마리아를 찾으려면 저에게 와야 해요. 꼭 선물을 가지고 오세요. 알았지요."

소년은 아버지의 말투를 흉내 내느라고 입술을 쑥 내밀고 목소리를 저음으로 깔고는 귀청이 찢어질 정도로 고함을 내질렀다. ✽

# 장터에서 노는 아이들

시골교회에서 목회를 하고 있는 강 목사는 요즘 고민이 많다. 옆 동네 목사는 매일 집에서 잠자는 적이 없단다. 강단이 그의 침실이라나! 그렇게 밤새 기도하기 때문에 교회가 부흥일로에 있는데 강 목사는 매일 밤 집에서 자니 교회가 이 꼴이라고 수군거리는 장로님들 때문에 골이 아팠다. 게다가 옆 동네 목사는 한 달이면 금식을 보름이나 한단다. 강 목사는 먹기를 좋아해서 성도들과 늘 심방 다니면서 음식점에만 간다고 그것도 흠이다.

울적해진 강 목사는 오일장터에 나와서 기웃거렸다. 시골 할머니가 파는 팥물국수를 한 그릇 사 먹을까 해서다.

이른 봄, 햇빛이 찬란해도 여우비처럼 춘설이 펄펄 날린다. 봄바람은 겨드랑이 밑으로 파고든다더니 오스스 하게 추워서 몸을 움츠리게 했다.

이 추위에 장터에 모인 아이들이 담벼락에 기대어서서 기름짜기를 한다. 서로의 체온으로 몸이 따뜻해지도록 힘을 다해 밀어붙이는 내기였다. 한가운데서 견디다 못해 튕겨져 나오는 아이는 다시 끝으로 가서 추위를 피하려고 더 세게 밀어붙이는 그런 놀이였다.

한 아이가 무엇을 그리 깊이 생각하는지 기름짜기놀이에 끼지 않고 한구석에 쪼그리고 멍하니 앉아있다.

놀이를 하는 아이들이 일제히 외친다.

"우리하고 놀지 않는 아이는 도둑놈, 우리하고 놀지 않는 아이는 나쁜 놈."

순간 그 아이에 대한 연민의 정이 그의 가슴을 스쳤다.

바로 이거구나. 내가 저 아이와 같구나. 저들의 편견과 행동에 끼지 않는다고 날 구박하는 장로들과 너무나 똑같구나. 강 목사는 슬그머니 아이에게 다가가서 주머니에 있는 알사탕을 주고 사랑이 담긴 손으로 머리를 쓰다듬어 주었다.

노을이 지면서 땅거미가 발목을 휘감자 모두 흩어졌다. 즐겁게 한 패거리가 되어 놀던 아이들도 홀로 기름방울처럼 돌던 아이도 장꾼들도 모두 어둠을 등 뒤로하고 제집으로 가버렸다. 강 목사도 머리를 푹 숙이고 성전으로 향했다. ✶

# 장수비결

요즘은 누구나 건강에 신경을 쓴다. 교회부흥회도 이젠 말씀을 건강관리에 보태서 할 정도가 되었다. 심지어 하나님 사랑이 몸 사랑이라는 슬로건을 내건 교회도 있다.

김기숙 권사도 교회부흥회에서 가르쳐준 대로 건강관리를 하려고 결심했다. 앉은 자세에서 양 무릎을 접어 모은 뒤에 무릎 밑에 양손을 넣고 깍지를 끼고 이마를 무릎에 붙이고 뒤로 누웠다가 제자리로 돌아오는 동작을 하루에 30회에서 40회를 하라나. 게다가 반원형의 목침을 엉덩이에 대는 운동, 또 흉추에 대고 하는 운동도 배워 와서 열심히 하느라고 아침마다 땀을 찔찔 흘린다. 반목침도 교회에서 만 원을 주고 사온 터였다.

이런 운동을 하는 할머니를 물끄러미 구경하고 있던 초등학교 3학년짜리 손녀가 한심하다는 듯 할머니를 향해 외친다.

"할머니, 운동보다는 말씀을 먼저 행하고 하세요."

"이 할미는 매일 성경을 읽는다. 그러니 걱정 마라."

"오늘 주일학교에서 배웠는데 오래 살려면 어떻게 해야 하는지 세 가지 비결이 성경에 쓰여 있어서 공부하고 나서 서로 얼굴을 마주보면서 해봤어요. 할머니가 지금 하고 있는 운동보다 더 좋은 방법이에요."

그러자 김기숙 권사는 운동하던 자세를 멈추고 물었다.

"어떤 말씀이 이 운동보다 더 장수하게 만든다는 거냐?"

"전보다 더 오래 살기를 원한다면(이걸 압축해서 말하면 살전5장) 데살로니가전서 5장16절에서 18절까지 말씀대로 하세요. 먼저 16절 말씀대로 하루에 16번을 매일 깔깔대고 웃어야 해요. 하마처럼 입을 딱 벌리고 절 따라 깔깔웃어 보세요. 팬츠에 오줌을 찔끔 쌀 정도로 웃어야 해요."

손녀는 손뼉을 치면서 진짜 하마처럼 입을 딱딱 벌리고 깔깔깔 눈물이 눈가에 고일 정도로 웃어댔다.

"그리고 두 번째 비결은 17절 말씀대로 하루에 17번 기도하라고 했어요. 할머니는 기도를 하루에 몇 번 하세요? 그리고 마지막 세 번째 비결은 18절 말씀대로 하루에 18번 감사하래요. 그게 장수비결이라고 배웠어요. 그걸 해보세요. 운동도 좋지만 먼저 그렇게 해보세요."

김기숙 권사는 손녀의 말에 정신이 번쩍 들어 벌떡 일어나 앉아 얼굴을 붉혔다. ✻

# 숨통조이기

연애나 결혼을 포기하니 아기를 낳아 기를 책임도 없다. 이런 자유를 나는 참으로 즐긴다. 꼰대짓하는 아버지의 잔소리만 빼면 이 생활이 천국이다. 인터넷을 뒤져 음악도 듣고 이런저런 정보도 얻어 즐기다가 온라인 게임에 푹 빠진다. 핸드폰으로 나처럼 백수건달 친구들과 입이 마르도록 지껄이고 그것도 지쳐 침대 위에 벌렁 누웠다.

코앞에 놓인 화면에 아파트 값이 고공행진을 한다고 아나운서가 떠들어대지만 나와는 상관이 없는 이야기다. 임대하면 될 걸 어째서 집을 사려고 목을 매다는지 모두 바보들이다.

어느 책에선가 읽은 내용이 머리를 스친다.

'짐이라고는 쪽박 하나와 덮고 자는 헌 마대 천에 나무를 파서 만든 밥그릇이 전부다.'

이처럼 현실에 적응하면서 모든 걸 편리하고 간편하게 해결하면 되는 걸 왜 모르고 나이든 사람들은 빚구럭에 빠져 허덕거리는지 모르겠다. 나는 미미하지만 확실하게 느낄 수 있는 행복인 소학행을 즐기는 아주 평범한 사람이다.

지난달에 아버지와 다투고 원룸을 얻어 독립했다. 어머니가 뒤로 돈을 대주니 그것도 걱정할 필요가 없다. 집에 있으면 의식주 문제가 해결되니 편한데 아버지의 꼰대짓과 잔소리는 정말 끔찍하다.

"서른을 바라보는 나이에도 캥거루새끼처럼 어미의 새끼주머니를 들락거리면서 살지 말고 이제 두 발로 서서 네 길을 가라. 스펙을 쌓는다고 미국에도 다녀왔고 대학원까지 공부시켰으면 우리가 더 이상 해줄 것이 없다. 네 학자금을 대느라고 우리가 얼마나 고생한 줄 넌 알기나 하니."

구구절절 아버지 말은 맞지만 나는 글로벌 금융위기의 직격탄을 맞은 밀레니얼세대라 아무리 애써도 일자리를 구할 수가 없다. 어머니 비자카드를 슬쩍 백화점에 가지고 가서 눈과 손에 잡히는 대로 마구 사들이는 것이 내가 즐기는 유일한 취미다.

하필이면 양손이 모자랄 정도로 쇼핑백을 들고 현관문을 여는 순간 아버지와 맞닥쳤다.

"너처럼 소비만 하고 살다가 늙어 폐지를 주워 살려고 그러니. 돈을 한 푼이라도 아껴 장가들고 집도 마련해야지."

원룸까지 와서 야단치는 꼰대아버지의 끊임없이 이어지는 잔소리를 눌러가면서 코트를 입은 채 벌렁 누웠더니 몸이 나른하게 밑으로 가라앉는다. 눈이 감겼다.

하늘을 찌르는 고층 빌딩 안에는 부활절을 앞두고 앙증맞은 토끼와 달걀, 노란 병아리로 벽면이 장식되어 동화의 나라에 들어선 기분이다. 사람들이 눈에 띄지를 않는다. 갑자기 나를 거세게 밀치고 급하게 진열상품대로 뛰어 들어가는 청년으로 인해 나는 비틀했다. 그의 등 밑까지 내려오는 큰 자루가 무릎 언저리에서 출렁인다. 호기심에 그의 뒤를 따랐다. 그는 입을 굳게 다문 채 눈에 잡히는 물건을 마구 자루 안에 가득 집어넣더니 어깨에 메고 비틀거린다. 저 청년 금수저인가. 저 값을 어찌 다 지불하려고 저러나. 나는 조촘조촘 그의 뒤를 따랐다. 사방을 둘러봐도 계산대가 없다. 청년은 당당하게 거리낌 없이 그냥 나가버린다. 나도 슬쩍 새로 출품된 엄청 비싼 핸드폰을 주머니에 찔러 넣고 나와도 아무도 말리지 않는다.

호기심에 들떠 다시 거길 갔다. 나도 그 청년처럼 큼직한 자루를 메고 말이다. 백화점이 내 원룸에서 가까워 걸을 수 있는 거리라 다행이었다. 그간 갖고 싶었던 모든 물건을 마구 집어넣은 자루를 원룸까지 나르는 일로 끼니도 챙겨먹을 여유가 없었다. 작은 내 방과 거실과 심지어 현관까지 나중에는 침대 위에도 내가 마구 집어온 물건들로 가득 찼다. 세상에! 누구에게나 모든 것을 거저 주는 세상이 되었다. 모두 무료니 얼마나 신나는 일인가! 어깨춤이 절로 난다. 욕실 안까지 내가 마구잡이로 집어온 물건들로 넘쳐서 세수할 공간도 없다.

모든 물건을 돈 내지 않고 가져가도 된다니! 도대체 어쩐 일로 내게 이런 기막힌 특별난 세상에 사는 자유가 주어졌단 말인가! 나흘이 되자 피곤해서 팔도 들기 힘들어 나는 넘쳐나는 물건들로 가득한 침대 위에 기어올라 물건들 사이에 파고 들어가 새우처럼 몸을 옹크렸다. 내가 다니는 백화점뿐만 아니라 가구점도 심지어 먹거리 마트도 어디에서나 프리다.

일주일을 이렇게 마구 집어가도 좋은 곳에 살면서 나는 지치기 시작했다. 크고 작은 것들을 다 가져다 집에 쌓으니 원룸이 거대한 쓰레기통으로 변해버렸다. 필요 없는 물건들이 눈에 들어오기 시작했다. 동네 쓰레기를 집안에 가득 쌓아놓은 병든 어느 할머니처럼 나는 물건들 사이에 파묻혀 숨이 막히기 시작했다.

쌓아놓은 물건들 중에는 필요 없는 것이 대부분이었다. 그걸 버릴 쓰레기장이 없어 큰 골칫거리로 머리가 지끈거렸다. 창문까지 가린 물건들로 인해 창문을 열 수 없어 방안엔 산소도 부족한지 숨이 턱턱 막힌다. 쌓아놓은 물건들 위라 코앞에 바짝 다가온 천장을 향해 누우니 숨통이 조여 곧 죽을 것만 같다.

나는 물건들 틈을 비집고 간신히 원룸 밖으로 기어 나와 무조건 멀리 보이는 산을 향해 뛰기 시작했다. 헐떡거리면서 산을 넘으니 사람들로 버글대는 장터가 나왔다.

거기 포장마차가 있어 휘장을 들치고 들어가니 회가 동할 정도로 배고픈 걸 느꼈다.

"무얼 드시겠어요? 주문하세요."

앞치마를 두른 늙수그레한 여인이 선택을 하라고 묻는다.

"어어, 저저 떡볶이와 순대 2인분, 그리고 어묵이요."

돈을 내라고 손을 내민다. 안주머리를 뒤져 만 원자리를 지불했다. 따끈한 어묵국물이 목 줄기를 타고 내려가자 나는 너무 행복해서 몸을 떨었다. 오징어튀김이 먹고 싶지만 돈이 없다. 그래도 숨통이 확 트인다. ✸

# 네 것이 내 것

장기욱 안수집사는 참으로 성실하고 헌신적이었다. 비가 오나 눈이 오나 새벽이면 차를 꼭 목사님 사택 앞에 대고 기다렸다가 목사님과 사모님을 교회로 모시고 갔다. 날이 추워 영하권으로 떨어지거나 비가 오면 그럴 수 있지만 이건 매일 이러니 목사님 입장에서는 무척 신경이 쓰였다.

"집사님, 걸어서 10분 거리이니 이러지 마세요."

불편해서 거절했으나 장기욱 안수집사는 펄쩍 뛰었다.

"찬바람에 옥체라도 상하시면 큰일 납니다. 기도 중에 하나님이 이렇게 하라고 명했으니 그리 아세요."

참으로 껄끄러운 일이지만 하나님이 시키셨다고 우기는 바람에 목사님 내외는 이러도 저러도 못하고 끌려 다녔다.

그러던 어느 날 장기욱 안수집사가 허겁지겁 사택으로 뛰어들어 왔다. 아주 다급해서 얼굴이 벌게져 있었다.

"목사님과 사모님을 매일 새벽 모시고 다니려면 집을 사택 근처로 옮겨야 합니다. 마침 아주 좋은 집이 나왔는데 오늘 저녁까지 중도금을 내야 합니다. 다른 사람이 저를 젖히고 계약을 하려고 하니 이거 어쩝니까. 오늘 목사님 사례비 받으셨지요. 빌려주세요. 내일까지요. 돈은 곧 돌아갑니다."

"십일조도 떼지 않았는데 어쩌지요."

"십일조는 오늘 주일에 내는 것이니 여유가 있잖습니까."

어쩌지 못하고 목사님은 봉투째 돈을 내주었다. 그런데 하루가 가고 이틀이 가고 일주일이 가고 한 달이 가도 깜깜소식이다. 생활비도 떨어지고 십일조를 내지 못하여 마음이 평안치가 않은 목사님이 하루는 장기욱 안수집사에게 물었다.

"아직도 돈이 마련되지 않았습니까?"

"아! 네. 일이 그렇게 잘 돌아가지 않습니다."

일 년이 지나도 감감무소식. 물론 새벽마다 모시는 일도 중단되었다. 마음에 시험이 든 목사님이 전화로 말했다.

"그 돈을 그냥 쓰세요. 마음이 쓰여서 자꾸 시험이 듭니다."

그러자 기다렸다는 듯 장기욱 안수집사는 대답했다.

"예. 목사님이 성경에 쓰여 있다고 그렇게 가르쳐 주셨지요. 믿는 성도들끼리는 내 것이 네 것이고 네 것이 내 것이라고요."

뒷통수를 세차게 얻어맞은 듯 얼얼해진 목사는 중얼댔다.

"아하! 그 뜻은 그 시절에……." ✳

# 사랑의 먹이사슬

농익은 앵두가 열두 개 꽂힌 둥근 모양의 케이크는 보기만 해도 먹음직스러웠다. 이것을 혼자 다섯 아이를 데리고 고생하는 김 집사에게 보내고 싶어 안달이 난 경숙은 지갑 속의 동전까지 몽땅 털어가면서 사들고 들어왔다. 올망졸망 줄줄이 사탕처럼 뇌놓고 하늘나라로 가버린 남편을 그리워하면서 날마다 눈가가 짓물러 있는 김 집사의 입가에 함박꽃 웃음이 살아날 터이니 얼마나 잘한 일인가! 혼자 벌어서 아이들 입에 풀칠하기도 어려운 것이라고 늘 걱정했는데 즐거운 연말연시에 이 케이클 썰어서 한 아이 앞에 적어도 두 조각씩은 돌아갈 터이니 참으로 멋진 시간이 될 것이라고 경숙은 손뼉을 치면서 좋아했다. 얼마나 잘한 일인가! 새해를 앞둔 세밑에 이런 선물을 하고 있는 경숙을 하나님이 내려다보시면서 너 참 잘했구나 하면서 칭찬하실 것이 분명했다.

크리스마스 캐럴이 사방에서 터져 나오고 집집마다 번쩍이는 불빛으로 인해 동화 속에 나오는 집들처럼 요염한 색깔을 발하고 있는 크리스마스와 제야! 참으로 기쁜 메리 크리스마스!

경숙은 남편이 사들고 올 선물에 잔뜩 정신을 쏟고 있었다. 언제나 남편은 크리스마스 당일에야 어디엔가 숨겨두었던 선물을 들고 들어오는 이상한 습관이 있어서 마지막 순간을 기다려야 했다. 작년에는 빈손으로 들어와서 상당히 실망했는데 크리스마스 트리에 달아놓은 녹음된 크리스마스 캐럴을 들어가면서 무드 있는 가운데 호주머니에서 진주반지를 꺼내는 것이 아닌가! 조금이라도 의심을 하면서 섭섭해 했던 것이 부끄러워서 더욱 황홀하게 보냈던 작년 크리스마스가 생생하게 살아났다. 오늘 밤은 남편이 그녀를 위해 무엇을 사들고 들어올까. 이 해를 마지막으로 보내고 있으니 분명히 다이아몬드나 아니면 사파이어 정도의 팔찌를 사 들고 올 것을 기대하면서 경숙은 온 신경을 곧 들어설 남편에게 곤두세웠다. 벨이 울리면서 들여다 놓은 선물은 어찌나 큰지! 새빨간 포장지에 탐스럽게 그려진 초록색 캔디 선물들이 암시하듯이 안에 굉장한 것이 들어있음이 분명했다. 무엇일까. 경숙은 남편의 눈치를 봐가면서 크리스마스 트리 밑에 놓아둔 선물을 곁눈으로 흘끔거렸다.

"이따 손님들이 오면 식사를 마치고 제일 마지막으로 이걸 뜯자고. 당신이 안달이 나겠지만 어쩌겠어. 요즘 사업이 부진해서 아주 싼 거로 샀으니 그리 알라고."

시댁 식구들이 다 모여 터키를 자르고 디저트를 먹으려할 때 드디어 남편은 선물을 들어다 상 위에 놨다.

"내가 아들 하나는 잘 낳았다. 아내를 위해 이런 선물을 사오는 남편감을 낳아준 내게 너는 큰절해야 한다."

시어머니는 이럴 때도 이죽거리는 것을 잊지 않고 경숙을 깔아뭉갠다. 얼굴이 빨개진 경숙은 모든 시댁 식구들이 지켜보는 가운데 포장지를 뜯기 시작했다. 아마도 요즘 돈이 없다고 야단이니 싸구려 잠옷이나 아니면 주름치마라도 사서 이렇게 풍선처럼 부풀려 싸가지고 놀리고 있구나 하는 생각이 들었다. 장난기가 많은 남편이니 시댁식구들 앞에서 브래지어나 팬츠 선물을 해서 웃음바다를 만들 가능성도 있어서 경숙의 마음은 사뭇 불안하기까지 했다. 마지막 붙어있는 포장지의 스카치테이프를 뜯는 순간 경숙은 피식 웃어버리고 말았다. 글쎄 흔한 케이크를 사 와서 이 야단을 치니 말이다.

그러나 케이크를 알몸으로 꺼내 상에 놓으려다 말고 경숙은 화들짝 놀라서 입을 다물 수가 없었다. 열두 개의 앵두 중에 하나만 남고 열한 개가 빠져나간 흔적이 있는 케이크였기 때문이다.

"아니 이 케이크는 설마……."

"왜 그래."

"케이크에 꽂힌 앵두 열한 개는 어디로 갔지요?"

"무엇이 어쨌다고 그래?"

"어떻게 이 케이크가 우리 집에 다시……."

그 순간 남편의 얼굴이 헬쑥해졌다.

"어어…… 당신 무얼 의심하는 거지."

앵두가 하나 꽂힌 케이크를 잘라서 먹는 동안 경숙은 찬찬히 케이크가 담겼던 상자를 관찰했다. 이럴 수가! 거죽에 경숙이 빨간 볼펜으로 김 집사라고 써 놓은 메모가 그대로 있지 아니한가. 어떻게 해서 이 케이크가 다시 우리 집으로 돌아오게 되었단 말인가?

"손님들이 다 돌아간 밤, 잠자리에서 경숙은 질문을 퍼부었다."

"당신 이 케이크 어디서 샀지요?"

"어어…… 왜 자꾸 케이크를 들고 나오는 거야. 모두 잘 먹고 다 소화하고 나서 자꾸 그렇게 따지면 어떻게 해."

남편은 진짜 화가 난다는 듯 휙 돌아눕는 것이 아닌가. 아무리 생각해도 이해할 수 없는 일이었다. 어쩌자고 앵두만 열한 개를 따먹고 이렇게 케이크를 돌려보냈단 말인가. 혹시 내 선물에 화가 난 것이 아닐까. 이 케이크가 어떤 경로를 통해 남편의 손에 들어와 아내의 선물이라고 들고 왔단 말인가. 김 집사는 왜 아이들을 먹이지 않고 이렇게 내놓았을까. 의심의 구름이 자꾸 뭉게뭉게 피어올라 잠을 이룰 수가 없었다. 생각이 요상한 방향으로 튀어가는 순간 경숙은 벌떡 일어나 남편을 향해 악을 쓰기 시작했다.

"여봇! 일어나요. 당신 혹시 김 집사하고 바람난 것이 아니에요. 나를 놀려주려고 그 집에 내가 선물한 바로 그 케이크를 다시 들고 왔지요."

"어어! 당신 갑자기 왜 이래. 홍두깨로 치듯이 나를 이러면……."

"어서 이실직고해요. 이 케이크 어디서 구했어요?"

눈에 독기를 뿜어내면서 악을 쓰는 아내의 양어깨를 잡아 앉히면서 남편은 말을 더듬었다.

"사실 나 말이야. 돈이 없었어. 당신이 걱정할까 봐 말을 못 했는데 사업이 말이 아니야. 우린 거지가 됐단 말이야. 선물 살 돈이 없어 고민하고 있으니까 내 친구가 이 케이크를 주더라고."

"그 친구 이름이 무엇이에요?"

"당신의 구역 식구 중 혼자 사는 할머니 있잖아."

순간 번쩍 경숙의 머리를 스치고 지나가는 한 생각에 이르자 머리를 푹 숙여버렸다. 하나뿐인 아들이 교통사고로 죽어버린 뒤 노인 아파트로 들어가려고 차례를 기다리고 있어서 사는 것이 엉망인 할머니였다. 해서 지난번 구역예배 때도 구제헌금을 걷어서 주지 않았던가. 그렇다면 김 집사가 내가 선물한 케이크를 자기보다 가난한 그 할머니에게 선물한 것이 분명했다. 그리고 할머니는 남편에게…….

"아직도 나를 의심하고 있나. 요즘 당신에게 말 못하고 혼자 사업고민을 하다가 늘 나를 위로해 주는 할머니에게

111

갔었지. 내 손을 잡고 기도해 주시는 것이 큰 힘이 되었거든. 외롭게 성탄절을 보낼 할머니께 초콜릿을 들고 갔더니 이 케이크를 주시더라고. 내가 사지 않은 걸 당신 어떻게 알았지. 아무튼, 당신이란 사람 너무 똑똑해서 속일 수가 없어."

"아아! 그랬군요. 사랑이란 앵두만 먹는 것인가 봐요."

성탄 케이크는 네 사람의 손을 거쳐 앵두만 먹으면서 사랑사슬을 만들어 본래 자리로 돌아온 셈이다. ✻

# 좋아, 좋아, 지금이 좋아

이만종 은퇴목사는 내일이면 팔순의 중턱을 넘는다. 아내와는 결혼생활 60년. 친구도 되고 여동생처럼 그냥 항상 곁에 혹처럼 달라붙어있는 내 몸의 일부이다. 사랑도 심지어 미움도 아무 감정도 없이 그냥 매일 먹는 밥처럼 덤덤한 그런 사이다. 게다가 농촌생활을 즐긴다고 버글거리는 사람들을 떠나 한적한 산자락에서 노후를 보내고 있었다. 사람에 지쳐 택한 생활이다. 하지만 호숫가에 하루 종일 강태공처럼 곧은 낚시질을 하는 일도 슬슬 진력이 나기 시작했다.

저녁에 펼쳐든 성경의 내용이 솔로몬과 하나님이 나눈 대화였다. 일천번제를 드렸더니 이를 예쁘게 보신 하나님이 솔로몬에게 물었다.

"내가 네게 무엇을 줄꼬. 너는 구하라."

그러자 솔로몬은 재산도 명예도 장수도 구하지 않고 이렇게 대답했다.

"백성을 잘 다스리기 위해 송사를 듣고 분별하는 지혜를 구합니다."

그의 말에 감격한 하나님은 솔로몬에게 이렇게 말했다.

"정말 내 마음에 드는 대답이다. 네 마음이 너무 예쁘니 네가 구하지 아니한 부와 영광도 줄 터이고 열왕 중에 너와 같은 왕이 없을 거다."

그런 일이 은퇴목사인 할아버지에게도 일어난다면 얼마나 신바람 나는 일이란 말인가.

그런 노(老)목사의 소원이 통했는지 진짜로 날개 달린 흰 옷 입은 천사가 나타나서 노부부에게 한 가지 소원을 말하면 들어주겠단다. 일생 성전에 엎드려 기도하고 성도들을 돌본 수고를 위로해주는 것이라고. 할아버지 옆에 있던 할머니는 얼씨구나 좋다 하고 일초의 여유도 없이 소원을 말했다.

"전 한 달간 성지를 둘러보고 알프스 산과 베니스, 로마를 거쳐 놀웨이까지 여행하고 싶어요."

그러자 천사는 그러라고 한 달간 다녀오라고 흔쾌하게 허락했다. 곧 다른 천사가 와서 할머니를 데리고 떠났다. 할머니는 60년간 같이 살아온 할아버지도 함께 가자고 손짓을 했지만 그는 머리를 절레절레 흔들었다.

이런 기막힌 기회를 60년간 싫증이 나도록 살아본 재미도 없는 할망구를 데리고 다니기가 싫었다. 문득 젊은 날 이웃 집 첫사랑 처녀의 얼굴이 다가왔다. 세상에서 가장 아름답다고 여겼던 그 여인과 한 달간 함께 살아보고 싶었다. 목사이니 일생 여자를 보고 음욕을 품어도 죄라고 하니 모든 여자를 사탄이라 여기고 살아왔는데 참 재미없었다. 이런 뜨뜻미지근한 아내가 아닌 진짜 화끈한 예쁜 여자하고 한 달간 살아보고 싶다는 소원을 말했다.

순간 할아버지는 멋진 청년이 되어 바로 그 아가씨와 부부가 되어 아담한 집에서 살고 있었다. 얼마나 황홀하고 좋은지! 솔로몬은 3000명의 후궁을 거느렸다지만 그것보다 그는 이 아름다운 여인과 생활하는 것이 더 행복했다.

이런 달콤한 결혼생활을 해가면서 날마다 조금씩 문제가 터졌다. 아름다움을 유지해야 하는 여자는 끊임없이 돈, 돈, 돈을 요구했다. 하나에 몇 백만 원을 호가하는 명품 가방을 10개나 사드려 작은 방은 명품 가방과 구두로 넘쳐나고 옷도 너무 많이 사드리니 그 돈을 충당하기 너무 힘들었다. 게다가 옆에서 어찌나 앙앙거리고 불평불만이 많은지 60년 간 살아온 할망구와 비교가 되었다. 이건 극과 극이었다. 가난해서 콩 한쪽을 쪼개 나눠먹었고 돈이 없어 팬츠도 기워서 입으며 양말도 꿰매어 신을 정도로 희생봉사를 했던 아내였다. 어려운 일이 생기면 둘이는 무릎을 맞대고 꿇어앉아 두 손을 맞잡고 기도하면서 승리하는 생활을 이어왔다. 그런데 지금 함께 살고 있는 겉이 뛰어나게 아름다운 아내는 어서 나가 엄청난 돈을 어떤 수단을 써서라도 벌어오라고 툴툴거렸다. 자신만을 위하고 여왕으로 군림하는 바람에 그는 도저히 견딜 재간이 없었다.

　너무 괴로워서 노목사님은 몸부림치다가 눈이 번쩍 떠졌다.


　꿈이었다. 옆을 보니 주름이 얼굴에 그물처럼 깔린 할망구가 입을 헤에 벌리고 푸푸거리면서 자고 있었다. 할아버지는 그런 할머니를 와락 껴안으며 중얼거렸다.

　"지금 이대로가 좋아. 당신이 참말 좋아."

　그리고 벌떡 일어나서 덩실덩실 춤을 추면서 노래를 불렀다.


　돈을 벌지 않아도 되는 이 나이가 참 좋아.
　여자들 마음에 들려고 별짓을 다 하는
　그런 나이가 아니어서 너무 좋아.
　자식들 기르느라고 돈 걱정하고
　먹을 것 입을 것 위해 고생하지 않는
　이 나이가 너무 좋아. 좋아, 좋아.
　매일 먹는 맛없이 밍밍한 밥상 같은
　그런 아내와 살아서 너무 좋아.
　이 나이가 얼마나 자유로운가!
　지금이 너무 좋아.
　주름투성이 할망구 내 아내가 제일 좋아.
　좋아, 좋아, 지금이 너무 좋아.

일생 강단에 엎드려 기도했더니 허리와 무릎이 아파 방안에서도 지팡이를 의지하는 노목사는 한손에 지팡이를 짚고 다른 손을 치켜들고 덩실덩실 춤을 추면서 방안을 빙빙 돌았다. ✻

# 아내감 구하기 작전

상호는 45세가 되어서도 아직 총각이다. 친구들은 모두 장가를 갔는데 이상하게도 그는 신붓감을 아직 구하지 못했다. 어머니의 불행한 결혼이 이런 병을 만들었는지 모르지만, 도대체 세상의 모든 여자를 믿을 수가 없기 때문이다. 상호가 세 살 적에 아버지는 죽어라고 들러붙은 여자에게 잡혀가서 어머니는 혼자가 되었다고 한다. 그 여자 때문에 인류의 모든 여자에 대한 불신이 상호의 마음속에 깊이 뿌리를 내리고 있는 걸 어쩌랴.

오늘도 어머니는 울며불며 선을 보라고 사진을 들이밀고 난리가 났다. 어머니는 새벽마다 눈물을 뿌리는 새벽 제단을 쌓는 백일기도도 여러 차례 끝낸 상태라 이제 아예 자리를 보존하고 누워버렸다. 그냥은 말을 듣지 않으니 어머니는 이젠 죽기 살기로 단식을 시작한 지 사흘이 되었다.

요즘 결혼하지 않는 추세고 설령 결혼했다가도 이혼하고 돌싱들이 많은 세상인데 어머니는 너무 아들, 상호를 들볶았다.

일주일 전부터 어머니는 고등학교 선생이라는 여자 사

진을 상호 앞에 내밀었다. 보수적인 가정의 장로 딸 사진이라고 이번에는 이 여자를 꼭 며느리로 맞겠다고 애걸복걸 난리를 치다가 단식에 들어간 셈이다.

솔직히 고백하자면 딸도 없이 외아들인 상호 입장에서는 어머니가 결혼의 걸림돌이었다. 일찍 혼자 된 홀시어머니를 모실 여자가 요즘 세상에 과연 있을까. 사랑에 더해서 가정이 화평하도록 관용과 희생, 봉사정신을 가진 여자여야 하는데 그런 여자가 이 시대에 없을 것이 분명했다.

골치 아픈 이 문제를 어떻게 처리할까? 고민하던 중에 한 생각이 번개처럼 머리를 스쳤다. 아브라함이 며느리감을 구할 때 썼던 방법이다. 그는 엘리에셀이란 종을 보내어 낙타에게 물을 주는지 아닌지를 보고 아들, 이삭의 아내감을 구했지만, 지금은 어떻게 해야 하는 것일까. 곰곰이 생각하다가 그는 무릎을 쳤다. 묘안이 떠올랐기 때문이다.


어머니가 택한 아내감을 만나보니 키도 아담하고 웃을 적에 보조개가 살짝 지는 것이 상대방을 편안하게 해주는 아주 복스러운 인상이었다. 더구나 국어를 가르치면서 시를 쓴다고 하니 마음이 조금 동했다.

마침 그때 누추하게 옷을 입은 거지 할아버지가 들어와서 껌을 사달라고 간청했다. 그러자 맞선 보던 여자가 흔쾌히 백을 열고 돈을 꺼내 껌을 두 통이나 사는 것이 아닌가.

일 단계는 무사히 통과. 상호는 내심 쾌재를 불렀다.

"아가씨, 제가 목이 몹시 말라서 죽을 지경입니다. 탁자 위에 놓인 아가씨 물을 마셔도 될까요?"

그러자 여자는 두 손으로 공손하게 물 잔을 들어 거지 할아버지의 입에 대주는 것이 아닌가. 할아버지는 각본대로 움직이면서 상호를 향해 살짝 윙크를 보냈다.

"이 물로도 목이 마르시면 제가 물을 더 가져다 드릴게요."

우와! 드디어 어머니의 기도 응답이 온 것이다. 상호가 장래를 함께 할 아내감을 정하는 순간이었다. ✣

# 물이 가득한 입

이혼하겠다고 난리 치는 부부가 장 목사를 찾아왔다. 아내의 말을 들으면 아내의 말이 맞고 남편의 말을 들으면 남편의 말도 맞는 것 같아 도저히 감을 잡을 수가 없었다.

"성경의 원리는 이혼은 절대로 금합니다. 하나님이 짝 지어 주신 것을 사람이 나눌 수 없기 때문입니다."

목사의 강한 이혼반대 의사에 남편이 대들었다.

"저는 이 여자하고 살면 아마도 5년 안에 죽을 것입니다. 목사님은 제 처지를 이해 못하십니다. 이 여자가 얼마나 말이 많은지 집에 오면 머리가 아프고 제 귀가 아플 정도입니다."

그러자 여자도 지지 않고 덤벼들었다.

"저 남자는 집에 오면 벙어리가 됩니다. 입을 뗄 줄을 몰라요. 그래서 저 혼자 지껄이게 되고 그러자니 불평이 치솟아 혼자 떠들어대는 것입니다."

저들 부부의 말을 묵묵히 듣고 있던 목사는 남편을 먼저 내보내고 아내만 남으라고 했다.

"앞으로 두 달만 제 지시를 따르겠습니까? 그 후에는

이혼해도 좋습니다. 이건 남편에게는 비밀입니다."

"무슨 지시입니까? 그럼 두 달만 참으면 이혼할 수 있지요?"

목사는 머리를 크게 끄덕였다.

목사의 지시에 따라 아내 되는 여자는 큰 물병을 하나 준비하여 남편이 들어오는 시간에 물을 한 모금 가득 한 시간 동안 입에 물고 있어야 했다. 남편은 입을 다문 아내를 이상하게 보기 시작했다. 말을 붙여도 입을 열지 못하는 아내를 근심스럽게 쳐다보았다. 참다못한 남편이 아내를 데리고 이비인후과로 갔다.

"제 아내가 말을 못 해요. 예전에는 말이 많아서 귀찮았는데 지금 생각하니 차라리 말을 많이 하는 편이 낫겠습니다. 제발 아내의 입을 열어주세요." ✦

# 형광등 남편

정호는 오늘 유치원에 가는 첫날이다. 이 집의 외동아들이 유치원에 가는 첫날, 아침 밥상은 사랑과 평안, 기쁨이 넘쳐흘렀다. 음식상 한가운데 장식해 놓은 새빨간 장미꽃 여섯 송이가 식구들의 마음을 한껏 생기가 돌게 한다.

작년 이맘때까지만 해도 이 가정은 찬바람이 횡횡 돌았다. 아빠가 사업을 한다고 할아버지의 시골 땅을 전부 팔아서 하루아침에 날려버린 탓이다. 시골 할아버지도 어쩔 수 없이 서울로 올라와서 정호와 함께 살고 있는 탓에 겁이 난 아빠는 멀리 도망갔다가 일 년 만에 집에 들어와서 겨우 가정에 안정이 찾아왔다. 아침 밥상에는 정호가 좋아하는 소시지볶음이 올라왔다. 평상시에는 건강에 나쁘다고 엄마가 절대로 못 먹게 했던 음식이다. 정호는 기분이 너무 좋아서 입이 떡 벌어졌다.

식구들이 한참 화기애애하게 식사를 하는 중에 갑자기 정호가 아빠의 머리를 가리키면서 놀란 듯이 말한다.

"아빠! 흰 머리칼이 났네."

그러자 여유 있게 좌중을 둘러본 아빠가 목소리를 저음

으로 깔고 의젓하게 한마디 한다.

"머리에 쥐가 나도록 사업도 힘들고 또 네가 아빠 속을 썩여서 이렇게 흰머리가 나기 시작하는구나."

아빠는 그간 마음고생을 시켰던 할아버지를 흘끗 보면서 미안한 자신의 속내를 이렇게 전했다. 그러자 정호가 수저를 놓으면서 기쁘다는 듯 큰 목소리로 말했다.

"아휴! 난 살았다. 그래도 난 괜찮아."

어린 아들의 이 말이 무슨 뜻인가 해서 아빠는 천천히 머리를 치켜들고 아들의 얼굴을 응시한다.

"왜? 그게 무슨 소리냐?"

"할아버지 머리는 모두 하얗잖아." ✼

# 말, 말, 말

시어머니의 생일에 오랜만에 흩어져 살고 있던 시집 식구들이 모여들었다. 시집와서 시댁 식구들의 구덩이에서 벗어나지 못했던 맏며느리, 연숙은 혼자서 생일상을 차렸더니 삭신이 쑤셨다. 그나마 다행한 일은 생일이 복더위와 동지섣달이 아닌 오월에 있다는 점이다.

시집올 때 초등학생이었던 시동생을 대학까지 공부시킬 적의 고생이 떠올랐다. 남편의 한 달 봉급을 몽땅 털어도 모자라는 비싼 등록금이다. 동네를 헤집고 다니면서 꾸어다가 간신히 등록금을 채워서 건네주었던 일이 생각나자 가슴이 찡하면서도 용케 견뎌 낸 자신에게 박수를 보냈다.

둘러앉아 식사를 맛있게 하면서 연숙이 시어머니에게 말했다.

"막내삼촌 공부시키느라 전 정말 고생 많이 했어요."

그러자 시어머니가 수저를 입에 댄 채 시큰둥하게 말을 받는다.

"네가 할 만하니까 했지 돈이 정말 없었다면 했겠니."

마음이 상한 연숙이 울상을 하고 막내동서를 쳐다본다.

"제가 시집오기 전 일은 말하지 마세요. 저하고는 관계가 없으니까요."

눈물이 핑 돌아서 부엌으로 나온 연숙은 두 사람의 말에 너무 상처를 받아서 마음을 진정할 수가 없었다. 시어머니와 막내동서가 이렇게 말했다면 지금 얼마나 행복할까.

"그래, 너 참 수고 많이 했다. 고맙다."

"형님, 고마워요. 그 사람 공부시켜줘서요."

순간 번개처럼 이런 생각이 스쳤다.

'아하! 나도 하나님께 감사의 말을 할 줄 모르고 딴청을 부려 하나님이 나처럼 마음 아픈 것은 아닐까.' ✗

# 미운 며느리

새벽기도회에 오늘도 백 명이 넘는 성도들이 나와서 기도소리가 봄기운이 감도는 성전 마당까지 울려 퍼졌다.

아직도 잠이 덜 깬 삼십대 초반의 전도사가 강단에 섰다. 창가에 심어 놓은 벚꽃이 활짝 펴서 새벽의 미풍에도 꽃잎이 하늘하늘 떨어져 내린다. 이런 시기는 봄 열에 취하기 마련이다. 특히 젖먹이를 가진 전도사 부부는 늘 잠 부족으로 나른해서 휘청거린다. 아직도 눈에 잠이 서리서리 엉킨 전도사가 잠에 취해서 어릿댄다.

마침 강대상 위에 놓인 헌금봉투에 눈이 갔다. 먼저 헌금 감사기도를 하고 설교를 시작하는 것이 이 교회의 통례라 딱 하나 놓인 봉투를 높이 치켜들고 봉투 거죽에 쓰인 글을 전도사가 큰 목소리로 천천히 읽기 시작한다.

'우리 며느리가 권사인데도 십일조 내라고 아들이 준 돈을 반이나 잘라서 써버렸습니다. 매일 새벽기도회에 나오지 않고 지난 수요 저녁기도회엔 동창들 만난다고 나가 버렸습니다. 저를 미워해서 밥도 잘 안 주니 제발 우리 며느리가 회개하게 해……'

젊은 전도사는 읽다가 잠이 화들짝 깼는지 끝에 가서야

어물쩍거린다.

성도들 사이에서 키들키들 웃음이 터져 나왔다.

언제나 앞줄 가운데에 앉아있는 김화목 권사가 낸 헌금이다. 시어머니랑 며느리가 극렬하게 싸우고 둘이 아옹다옹한다는 소문이 파다한데 이런 헌금이 새벽기도회에 올라온 것이다.

성도들 사이에서는 수군수군 말이 많았다.

"그런 헌금을 내는 시어머니가 잘못이야."

"시어머니 나이가 희수를 맞았으니 노망으로 알고 전도사님 손에서 끝났어야지. 지혜롭지 못하게 그걸 곧이곧대로 그대로 읽는 법이 어디 있어."

"사모님이 아기를 낳아서 젖을 물리고 있으니 부부가 다 잠이 깨소금처럼 쏟아지는 터에 억지로 새벽에 나왔으니 사리분별이 되겠어."

이제 모든 원망이 전도사에게 돌아가고 있다.

잠이 천리만리 도망가버린 전도사가 아직도 엎드려 기도하고 있는 김화목 권사 앞에 섰다.

"권사님이 며느리를 그렇게 미워하시면 어떡해요?"

"교회에 소문이 나야 우리 며느리가 정신을 차릴 터이니 그렇지요. 전도사님이 내가 쓴 걸 다 읽지 않고 그냥 덮어버리면 어쩌나 하고 마음이 조마조마했어요. 읽어줘서 고마워요."

그러자 전도사는 권사의 손등을 쓰다듬으면서 나직하

게 말했다.

"권사님 마음이 지옥이네요."

"못된 며느리를 이렇게 광고하고 나니 내 마음이 지금 천국이요."

"오늘 제 설교처럼 미움이 있는 곳엔 사망이 임해요."

그러자 권사님이 삐죽삐죽 입을 실룩거리다가 앙앙 울어버린다. ⚘

# 요즘 며느리

외동아들이 결혼하여 며느리와 처음 맞는 설이다. 직장에 다니는 며느리는 섣달 그믐밤 자정이 되어서야 아들과 함께 왔다. 살림을 나서 살고 있어 며느리가 손님처럼 어려웠다. 아무리 세상이 변했어도 며느리는 며느리고 시어머니는 시어머니가 아닌가. 딸이 없는 미순은 며느리와 함께 음식을 오순도순 차릴 걸 기대했던 터라 내심 무척 섭섭했다. 일부러 민어전을 떠왔고 녹두 기피를 내고 소고기도 갈아놓고 숙주나물도 삶아서 꼭 짜놓고 기다렸었다. 도라지, 시금치, 고사리 삼색 나물 준비도 다 해놓았다. 만두 속도 준비하고 빗지를 아니했다. 며느리가 오면 끝마무리로 함께 만들 참이었다. 현관문을 들어서자마자 아들내외는 머리만 끄덕이며 인사를 하고 피곤하다고 서둘러 침실로 직행했다.

아침에 9시가 넘어도 아들 부부는 조용하다.

"설날 아침인데 애들을 깨워야겠어요."

미순이 통통거리면서 아들내외가 자고 있는 방문을 빼꼼 열어보니 둘이 꼭 껴안고 단잠에 빠져있다. 남편이 조용히 하라고 손짓발짓 해가며 미순을 잡아끌었다. 어쩔 수 없이 둘이 떡국과 녹두부침, 삼색 나물과 생선전을 놓고 껄끄러운 입맛을 다시며 아침을 먹었다. 시계를 보니 11시. 아직도 아들부부는 조용하다. 연신 시계를 올려다보는 아내가 안쓰러웠는지 남편은 드라이브나 하자고 어이 외출복 입으라고 성화였다.

한강을 따라 뚫린 길을 달려 양평까지 왔다. 통일로도 달려보고 시계를 보니 한 시가 넘어간다. 마침 꼬막집이 문을 열어 점심을 먹자며 남편은 차를 세운다. 설날이건만 음식점은 만원이다. 모두 손자들과 자식들이 함께 나들이를 나와서 북적거렸다. 간신히 자리를 잡아 앉으면서 미순은 핸드백에서 스마트 폰을 꺼냈다.

"걸지 말라니까."

남편이 미순의 손에서 전화기를 빼앗으려고 손을 휘젓는 걸 피하면서 아들의 핸드폰 번호를 눌렀다. 신호가 꽤 여러 번 가서야 전화를 받는다. 아들이 아니라 며느리였다.

"아하! 어머니세요. 지금 막 밥 먹었어요."

점심을 먹었다는 것인가. 아니면 아침을 먹었다는 말인가. 울화가 울컥 치밀었으나 미순은 시어머니 체면을 세우면서 조용히 말했다.

"남열이 바꿔라."

"그 사람 지금 전화 못 받아요."

"그저 자냐? 너 혼자 밥을 먹었단 말이냐."

"아니요. 둘이 함께 먹었어요."

"그럼 남열이 바꿔라."

그러자 며느리는 유쾌하게 깔깔 웃는다. 무엇이 재미있는지 배꼽이라도 잡고 웃는 모양이다.

"그 사람 지금 팬츠만 입고 설거지 하고 있어요."

"뭐라고? 내 아들이 설거지를 한다고."

미순의 눈앞이 팽그르르 돌았다. 장가가기 전에는 단한 번도 설거지통에 손을 담가본 적이 없는 귀한 아들이다. 내가 저를 어떻게 키웠는데…… 깨어지기 쉬운 유리그릇처럼 아끼고 사랑하고 떠받들며 키웠는데…… 설거지를 한다고! 토악질이 나고 몸까지 휘둘린다.

미순은 전화기에 대고 고함을 쳤다.

"오늘이 무슨 날인 줄 아니?"

"정월 초하루지요."

"시집온 네가 이런 날 아침에 세배를 해야 되는 것 몰랐니?"

"지금도 그런 걸 지키는 집이 있나요. 그건 모두 옛날 옛적 호랑아 담배 먹던 시절 이야기에요. 지금은 그런 거 하는 집안 없어요."

미순은 분을 참지 못하고 전화기를 내동댕이쳐버렸다. 발로 땅바닥에 뒹구는 전화기를 짓이기면서 악을 썼다.

"어디서 못 배워먹은 집안에서 며느리가 들어왔어. 쌍놈의 집안 핏줄이야. 아마도 백정집안 딸이 맞을 거야."

치미는 화를 참지 못하고 발발 떨다가 울다가 악을 쓰는 아내를 안쓰럽게 쳐다보던 남편이 뒤에서 안았다.

"세상이 변했어. 정신을 차릴 수 없을 정도로 요동치고 있어. 수술도 로버트가 하는 세상이잖아. 인공지능과 사람이 바둑을 두고 대결하는 것 당신도 봤지? 앞으로 소설도 인공지능이 다 써낼 거라고 하는군. 인간은 장승처럼 서 있는 바보멍청이가 될 거야."

변하는 세상을 늘어 놓으면서 세상풍조를 탓하며 아내를 달래려는 남편을 향해 미순은 화를 가라앉히느라고 씩씩거렸다.

"세상풍조가 변해도 사람들은 정신을 차려야지요. 인간은 동물이 아니잖아요."

미순 부부 앞을 유유히 흘러가는 한강에 이 추운 날 제트 스키를 타는 사람이 있어 얼음물을 가르고 번개처럼 미끄러져 간다. 옆을 보니 젊은 남녀가 서로 껴안고 뽀뽀를 하느라고 정신이 없다. 추운 날 여자의 허벅지가 아슬아슬하게 들어날 정도로 짧은 치마를 입고 있다.

참으로 변하긴 변한 세상이다. ✈

# 못 말리는 한국 사람들

남인도의 방갈로에서 한 시간 반 떨어진 콜라라고 불리는 작은 시골마을에는 야자수도 많지만 한국에서 볼 수 없는 꽃을 피우는 나무들이 지천이다. 새까만 새들이 떼거리로 밀려다니고 사람들이 빈번하게 지나다니는 길에도 개미들이 집을 지어서 마치 소들이 똥을 싸놓은 것처럼 노리끼리한 흙들이 소복소복 쌓여있다.

몬순이 지나갈 적에는 폭우를 피해 손바닥 크기의 도마뱀들이 방안으로 기어 들어와서 천장을 운동장 삼아 돌아다닌다. 파리는 물론이고 개미까지 한국에서는 전혀 볼 수 없는 모양새로 모든 종류의 곤충들이 모여들어 집안은 살아 숨 쉬는 모든 것들의 집합처가 된다. 요즘엔 아기주먹만한 새까만 쥐들이 방안까지 들어와서 돌아다닌다. 이곳의 쥐들은 곡식보다 과일이나 야채에 입을 대서 아주 질색이다.

남편의 일거리를 따라 인도에 와있는 계영은 처음에는 도마뱀을 봐도 기겁을 해서 고함을 쳐댔지만 이제는 쥐들이 운동장처럼 거실을 뛰어다녀도 무심하다. 어차피 인도라는 나라는 가난한 사람이나 부자나 무식하거나 유식하거나 심지어 동물이나 곤충까지 모두가 어울려 하나가 되어서 도도한 강물을 이루어 살아가기 때문이다.

개들이 여기저기 돌아다닌다. 모두 주인이 없는 들개들이다. 한국의 진돗개처럼 생긴 갈색 털의 개 한 마리가 힘없는 눈을 굴리면서 다가와서 불쌍한 마음이 든 계영이 빵 한 조각을 주었더니 이게 매일 문 앞에 쪼그리고 앉아 있다. 계영이 나가면 꼬리를 흔들면서 주인을 섬기듯 반기고 어디를 가도 보초를 서듯 조금 떨어져서 따라다닌다. 그렇게 지내기를 서너 달 되어가니 진짜 집에서 기르는 개처럼 정이 들었다. 아이들도 모두 누렁이라고 부르면서 그 개를 예뻐했다.

하루는 개들의 울부짖음이 하도 소란해서 창문 틈으로 내다보니 세 마리의 들개들이 계영의 집으로 오니까 누렁이가 집을 지키려고 결사적으로 싸우고 있었다. 눈가를 물어뜯긴 누렁이의 눈에서는 피가 줄줄 흘러내렸다. 계영이 고함을 지르면서 빗자루를 들고 뛰어나가 간신히 누렁이를 구해냈다. 누렁이는 눈두덩 말고도 목덜미를 물어뜯겨 시름시름 앓아서 아이들의 근심거리가 되기도 했다. 그런 며칠이 지나서 갑자기 누렁이가 사라져버렸다. 식구들은 밥상에 둘러앉을 적마다 음식찌꺼기가 남으면 누렁이를 떠올리며 걱정을 했다.

특히 금년에 유치원에 들어간 딸이 가장 누렁이를 그리워했다.

"엄마, 우리 누렁이가 많이 다쳐서 죽게 되니까 멀리 산속으로 가버렸어. 우리 앞에서 죽으면 미안하니까 말이야."

"이 바보야! 그게 아니고 아무래도 이웃에 이사 온 한국 사람들이 잡아간 것 같아."

초등학교 졸업반인 아들이 이렇게 대꾸하는 바람에 계영은 가슴이 털렁 내려앉았다. 설마 개를 잡아먹을까 하는 마음이었다. 그래도 아들의 말이 귓가에서 떠나질 않아 이웃집을 기웃거렸다. 큰 솥을 걸어놓고 갓 이사 온 이웃집 아낙이 열심히 장작을 때고 있어 계영이 마당으로 들어서면서 물었다.

"무엇을 그렇게 열심히 하세요?"

"이 동네 들개들이 하도 많아서 세 마리 잡아서 지금 보신탕을 끓이고 있어요. 오늘 방갈로에 와있는 한국 사람들이 십여 명 우리 집을 방문하거든요. 저녁에 바깥양반과 함께 오세요."

보신탕에 된장을 풀기 위해 이웃집 여인은 솥뚜껑을 열었다. 개머리가 툭 위로 튀어나왔다. 울컥 토할 것 같은 기분이 든 계영은 몸을 돌려 뛰었다.

"한국 사람은 못 말려. 진짜 못 말려. 인도에 왔으니 함께 어울려서 살아도 되는데……."

계영의 눈에서 눈물이 줄줄 흘러내렸다. ✻

# 뜨거운 감자

자정이 가까운 시간에 전화가 왔다. 내일 새벽기도회를 인도하려면 이 시간에 전화를 받으면 힘들 것이라고 아내가 그냥 두라고 눈짓을 하지만 만에 하나 아픈 성도가 있어 전화를 건 것이라면 큰일이다. 더구나 농촌목회는 성도들을 가족처럼 돌봐야 한다. 심 목사는 무거운 몸을 간신히 일으켜 수화기를 잡았다.

"목사님 저희 부부가 아무래도 이혼을 해야겠습니다."

"갑자기 무슨 말입니까? 이 밤중에?"

"어서 저희 집에 심방을 해주세요. 문제가 심각합니다."

농촌교회에서는 이따금 암소가 새끼를 낳을 적에도 기도해 달라고 야심한 시각에 목사를 부를 정도이니 안 갈수도 없었다.

다행히 사택 바로 다음 집이라 문을 두드리니 얼굴이 벌게진 여 집사가 맨발로 뛰어나왔다.

"이 사람이 이젠 제 친정까지 들고 나와 친정 부모님들이 저를 저질 교육시켰다고 야단이에요. 전 더 이상 이런 수모를 당하고는 못 살아요."

"무슨 일로 그럽니까?"

찬 밤공기로 인해 잠이 확 달아난 심 목사가 다그쳐 물었다.

"집사람이 찐 감자를 설탕에 찍어 먹어요. 전 소금에 찍어 먹거든요. 세상에! 감자를 설탕에 찍어 먹는 사람이 어디 있습니까. 집안이 이상한 거지요."

그러자 심 목사가 피식 웃으면서 말했다.

"전 찐 감자를 고추장에 찍어 먹고요. 제 아내는 경상도 출신이라 된장에 찍어 먹구요."

그러자 부부는 목사와 등을 돌리고 킥킥거리면서 입을 막는다.

"서로 다른 점을 인정하세요. 이 세상에 똑같은 사람은 없습니다. 상대방을 그럴 수도 있다고 인정하는 것이 사랑이요."

금세 이혼할 듯이 날뛰던 집사 부부는 머쓱해서 서로 마주 보고 킬킬 웃는다. ✲

# 너를 내 손바닥에 새겼고

부모가 돈이 많은 것이 문제였다. 인호란 한국이름 대신 제이슨이란 이름을 가진 청년은 전용 비행기를 타고 혼자 비행을 하다가 사막에 추락했다. 거대한 모하비 사막이었다. 캘리포니아주 남동부와 네바다, 애리조나, 유타주 일부에 걸쳐 있는 건조한 이 사막은 시에라네바다 산맥에서부터 콜로라도 평원까지 뻗어있어 거의 한반도의 크기이다.

구조대원들이 모여들었다. 실종자의 부모가 거부이니 아들의 생명만 구해 준다면 돈은 얼마든지 내놓겠다고 야단이다. 우선 다급하게 대책을 세워야 한다. 사막에서 사흘을 견디기 어려울 터이니 말이다. 제일 먼저 전단지를 인쇄하여서 뿌리기로 했다. 사막에서의 생존법을 전단지에 인쇄하자는 의견이 지배적이었다. 물이 귀하니 사막에 자라고 있는 선인장을 찍어내서 즙을 마시는 방법과 독사와 독충이 많으니 이것들을 피하는 법과 자신을 보호하는 방법 등 의견이 분분했다.

어떤 이는 사막에서 생존법보다 극도의 외로움과 고통이 문제이니 그걸 극복할 비결을 쓰자고 했다. 그러나 실제 가장 다급한 실종자, 제이슨의 부모는 이 모든 제안에 머리를 흔들며 거부했다. 그리고 손수 전단지에 인쇄할 내용을 써서 내밀었다.

전단지는 곧 인쇄되어 비행기를 이용하여 사막 곳곳에 뿌려졌다. 기적적으로 닷새 만에 제이슨이 구조되었다. 그야말로 죽기 직전의 구조였다. 그는 전단지 한 장을 보물처럼 꼭 움켜쥐고 있었다. 앰뷸런스에 실려 가면서 구조대원이 그의 손에서 전단지를 앗아 읽어 보았다. 전단지에는 이렇게 쓰여 있었다.

'아들아! 아버지는 너를 사랑한다. 너를 내 손바닥에 새겨 놓고 있다. 너를 반드시 찾을 터이니 힘을 내라.' ✿

# 아내의 연인

성기는 이제 갓 돌을 지난 아들이다. 볼에 살이 보송하게 오르고 방긋방긋 웃는 아들이 보고 싶어서 성기 아빠는 회식 자리도 마다하고 일찍 귀가했다. 아침에 출근할적에는 오늘 동료들과 회식이 있어서 아내에게 저녁을 혼자 먹으라고 했으나 아들이 눈에 밟혀 견딜 수가 없었다. 어쩔 수 없이 감기 기운이 있어 일찍 집에 가서 눕겠다고 속이고 줄행랑을 쳐왔다.

다른 때 같으면 이 시간대에 찌개 끓이는 냄새와 음식 장만하는 소리로 부엌이 살아 있을 터인데 아기만 혼자 아기침대에서 쌕쌕 자고 있고 부엌은 썰렁했다. 주위를 아무리 휘둘러봐도 아내는 없다. 어딜 갔을까. 안방 문을 열어도 아내는 없다. 건넌방의 책상 위를 보니 공책이 펼쳐져 있다. 아내는 꽃으로 가장자리를 장식한 노트 위에 예쁜 글씨로 또박또박 써내려갔다.

'내가 사랑하므로 병이 났습니다. 당신은 왼손으로 내 머리에 베게 하고 오른손으로 나를 안았습니다. 당신의 왼손이 내 머리에 닿으니 기쁨과 평안이 넘치고 오른손으

141

로 나를 안아주니 힘이 넘칩니다.'

성기 아빠는 가슴이 철렁 내려앉았다. 공책의 앞장으로 갔다. 거기에는 이렇게 기록하고 있었다.

'당신이 나를 데리고 많은 사람들이 웅성거리면서 모인 잔칫집에 들어갔는데 당신이 나를 사랑함이 얼마나 큰지 모두 칭찬이 자자했습니다. 사람들 앞에서 당신의 사랑이 내 위에 깃발처럼 휘날렸습니다.'

그렇게 믿고 있던 아내가 바람이 났구나. 앞이 빙그르르 돌았다. 이 일을 어쩐단 말이냐. 한탄하면서 의자 위에 털썩 주저앉았다. 그때 현관문이 열리면서 아내가 들어온다. 아기가 깨지 않은 것을 보고는 발소리를 죽여 가면서 아내는 밥솥에서 밥 한 공기를 퍼서 구운 김 하나만 달랑 놓고 저녁을 먹는다.

건넌방에 숨어서 아내의 동태를 살피고 있던 성기 아빠가 눈에 독을 품고 방문을 걷어차고 나와서 아내를 노려보았다.

"어머! 깜짝이야. 오늘 회식 있다고 했잖아요."

"당신 어디 갔었어?"

"아기 분유가 떨어져서 막 재워 놓고 잽싸게 슈퍼에 갔다 왔어요. 전화를 주었으면 저녁 준비를 했지요."

"지금 당신 누구 만나고 온 거야. 솔직히 말하라고,"

성기 엄마는 놀라서 눈이 화등잔만 하게 커진다.

"누구한테 연애편지를 쓰고 있었어? 건넌방 책상 위에서."

아내는 한참동안 말없이 웃음을 참느라고 킥킥거렸다.

"어서 솔직히 고백하라고. 이건 이혼감이야."

그래도 아내는 웃기만 하고 말을 아낀다. 참지 못한 남편의 손이 아내의 뺨을 치려는 순간 웃음을 간신히 참아가면서 아내가 입을 열었다.

"아하! 내 큐티 노트를 보았군요. 그거 하나님께 쓰는 연애편지에요. 요즘 아가서를 읽고 있거든요. 으하하." ✻

# 현숙한 며느리

김 권사는 아들만 둘이다. 딸이 없어 노후에 외로울 것
이란 말이 딱 들어맞았다. 큰며느리는 정말 힘든 상대였
다. 김 권사의 마음을 제일 아프게 하는 일은 큰며느리가
아들을 방패삼아 그 뒤에 살짝 몸을 숨기고는 무엇이나
남편 탓으로 돌리는 꼴을 견딜 수가 없었다. 하다못해 아
기를 연년생으로 셋을 낳아 놓고 그것도 순전히 남편 잘
못이라고 밀어붙였다. 그뿐인가. 여자란 아랫목에 등 따
습게 누워 있을 것이지 직장에 나가 돈을 버는 일은 바보
여자들이나 하는 짓이라고 아예 집안에 둥지를 틀고 끔쩍
하지를 않는다. 시집와서 처음 몇 번을 함께 나가 옷을 사
주면 제일 비싼 것으로 자신만을 위해 마구 식탐하듯 여
러 벌을 사 입어서 놀란 적이 많았다. 그뿐인가. 시부모와
시댁 쪽 친척들은 아예 멀리하고 상대를 하지 않는다. 따
로 살아도 시집살이를 시키기 때문에 무조건 머리를 흔들
며 싫다고 하니 도대체 말이 통하지 않는다. 심지어 시부
모가 살아있는 것도 시집살이라고 나대니 기가 막혔다.

요즘 세대의 여자들은 귀하게 자라 그런가 보다 하고
포기한 상태에서 막내며느리를 맞았다. 그런데 이번 며느

리는 정반대였다. 하루는 봄옷을 사 주려고 나갔는데 이게 어쩐 일인가! 자기 옷을 싫다고 하고 남편의 옷만 고르는 것이 아닌가. 남편이 입다가 낡았다고 팽개친 헐렁한 스웨터를 입기도 하고 시어머니의 옷들 중 오래 되어서 유행이 지난 것도 달라고 해서 잘 입고 다녔다. 처음에는 시어머니에게서 점수를 따려고 저러나 어디 두고 보자 하고 기다렸는데 5년이 지나도 똑같았다. 유치원 선생을 하면서 남편이 벌어 오는 돈은 전부 저축을 하고 자신이 번 돈으로 생활을 할 정도고 소소한 물건도 헌것을 파는 아름다운 가게에서 사들였다.

오늘도 막내며느리를 데리고 나가서 멋진 외투를 사주려고 했더니 싫다고 머릴 흔들면서 남자 옷 코너로 가더니 와인색 티셔츠에 감색 바지를 사 들고는 좋아서 어쩔 줄을 모른다. 그 옷을 입은 남편의 모습이 너무 멋질 것이라고 기쁨을 감추지 못했다.

"네 옷을 사주려고 데리고 나왔는데 항상 넌 네 남편 옷만 사는구나."

어쩔 수 없이 김 권사는 혼자 나가서 막내며느리 옷을 사서 선물할 수밖에 없었다. 선물을 받아들고 활짝 웃는 작은며느리가 얼마나 예쁜지 꼭 안아주었다.

이제 죽을 날을 기다리는 김 권사는 죽기 전에 은행에 맡긴 비밀통장의 5억을 작은 며느리에게 유산으로 주리라 마음을 굳히고 서둘러 변호사인 오빠를 찾아 나섰다. ✁

# 너도 죽어

갓 태어난 아기를 두고 남편은 죽음의 자리에 있다. 도저히 믿을 수 없는 일이라 아내는 남편 옆에서 울부짖기만 했다.

암이나 희귀병이 걸려서 죽으면 그래도 인정을 하겠는데 교통사고로 이러니 누가 뭐라고 해도 믿기지 않았다. 아침에 멀쩡하게 출근한 사람이 저녁 퇴근길에 얼음판에서 미끄러진 차가 인도로 뛰어들어 이렇게 된 것이다. 아내는 모래알처럼 많은 사람 중에서 하필이면 남편이 뽑혔는지 받아들일 수가 없었다. 그 많은 사람 중에 어쩌자고 남편이 바로 그 자리에 있어서 이 지경이 되었는지 납득이 되질 않았다.

이제 겨우 서른 줄에 들어선 사람이다. 창창한 앞길을 어떻게 하고 이렇게 간단 말인가. 이제 신혼생활 2년으로 접어들고 있지 아니한가. 아들까지 태어나서 재미가 쏟아지는 판에 이렇게 가다니 말이 되는가. 장수하는 시대에 접어들면서 앞으로 70년을 더 살 수 있는데 그 세월을 어디에 던져버리고 아내와 자식을 버리고 저렇게 홀홀 떠난단 말인가.

"나는 어떻게 하라고 당신 혼자 이러고 가는 거야. 나 혼자 갓난아기를 데리고 이 세상에서 어떻게 살라고 당신 혼자 이러고 가느냐고. 엉엉……. 당신 없이 나 혼자 못 산다고."

며느리가 너무 애절하게 숨을 거두기 직전 헐떡이는 남편을 부여잡고 우니까 곁에 선 시어머니가 보다 못해 의사에게 말했다.

"산소 호흡기를 잠깐 떼어 주세요. 아기 엄마에게 마지막으로 무언가 할 말이 있을 겁니다."

시어머니의 이 말에 며느리는 더욱 몸부림을 치며 울어 댄다.

의사가 산소마스크를 입에서 떼어 내자 숨을 헐떡이면서 죽어가는 남편이 어렵게 입을 연다. 아내는 남편의 입에 귀를 바짝 댔다. 숨을 헐떡이며 그는 기어들어가는 목소리로 말했다.

"너, 너……도 주……죽어……." ✛

# 토기장이의 걸작, 두 아들

김 권사에게는 아들이 둘 있다. 큰아들은 교수이고 방송에도 자주 나와서 주위 사람들의 칭송을 받고 있어 큰 자랑감이다. 그런데 막내인 둘째 아들 헌호는 세상에서 두 번째 가라면 서러울 정도로 말썽을 부리는 소위 문제아다.

그간 막내 때문에 김 권사는 경찰서에도 여러 번 불려 갔고 고등학교에 다닐 적에는 매달 담임 선생님에게 호출당하여 주위 사람들 보기에 창피해서 진짜 마음고생이 많았다.

어떻게 같은 배 속에서 자랐고 한 지붕 밑에서 한 솥밥을 먹고 자란 두 아들이 이렇게 다를 수가 있단 말인가!

이제 삼십 중반을 넘어선 막내는 장가갈 생각도 안 하고 있다. 직장도 없이 껌딱지처럼 들러붙어 어머니인 김 권사에게 손을 내민다. 매달 용돈으로 50만 원을 줘야 하는데 입에서 단내가 날 정도로 힘이 들었다.

김 권사의 기도로 막내는 간신히 허술한 지방대학을 나와서 조그마한 회사에 형이 취직을 시켜주었다. 이제는 큰 짐을 덜었다고 시름을 놓은 지 한 달 뒤에 그는 직장을 튀어나왔다. 작은 아들은 직장을 구할 의욕도 없는 모양이다. 아무리 봐도 취직하겠다고 직업훈련을 받으려는 마음도 없다. 취직되지 않는다고 열심을 내서 이를 악물고 더욱 공부도 하고 도전도 하지 않는다. 그저 맥없이 집안에 누워서 텔레비전만 보고 음악을 들으면서 냉장고에 있는 음식이나 간식을 전부 꺼내다 먹는 일이 일과였다. 너무 먹고 움직이지를 않아서 막내의 몸은 매일 풍선처럼 뭉글뭉글 불어났다.

요즘 김 권사도 이런 아들을 위해 기도하면서 자신의 가슴을 멍이 들도록 때리지 않는다. 처음엔 권사님이 막내를 잘못 길렀다고 밤마다 울면서 회개기도를 했는데 성경을 읽어 보니 하나님의 말씀은 그게 아니었다.

하나님이 토기장이라 우리 몸을 흙으로 빚어 만들어 놓았는데 큰아들처럼 멋지게 빚기도 하고 작은아들처럼 못나게 빚기도 하니 그걸 어찌 탓하겠는가.

요즘은 하나님의 작품인 두 아들을 감탄하면서 그저 감사함으로 바라본다. 어찌 하나님의 걸작을 탓할 수 있겠는가! 아무리 생각해도 큰아들을 빚을 적에는 옥토를 썼고 작은아들을 빚을 적에는 공해에 찌든 나쁜 흙으로 빚은 것이라고 김 권사는 확신했다. 그러니 잘못 빚은 작은아들의 나쁜 흙을 토기장이인 하나님이 다시 손을 대서 고쳐 빚어 주기를 김 권사는 기다리면서 평안하고 차분한 마음으로 지내고 있다. ✢

# 정말 아내를 사랑했는가?

강민호는 아내를 잊기 위해 인도 여행을 떠났다. 아내가 저 세상으로 간 지 벌써 5년. 차츰 혼자 집에 들어가는 것이 외로워서 견딜 수가 없다. 이제 나이가 이순을 넘겼으니 그냥저냥 혼자 살다가 아내 곁으로 가리라 다짐을 하면서도 비가 추적추적 내리는 날이나 바람이 세차게 불어대는 밤이면 정말로 미칠 정도로 혼자 있는 것을 견딜 수가 없었다.

딸들 셋도 처음에는 열심히 아버지를 돌본다고 드나들더니 이젠 시들해져서 한 달에 한 번 찾아오는 것이 고작이다. 하긴 자식들 키우랴 집안 살림하랴 돈 관리하랴 자신들의 일만도 코가 석 자나 빠지는 판에 혼자 된 친정아버지를 생각할 틈도 없을 것이 뻔하다. 딸들이 괘씸하고 섭섭해서 더 재혼을 하고 싶었다.

그러던 참에 그는 자신보다 다섯 살 어린 여자를 만나게 되었다. 산에 오르다가 우연히 동행하여 여러 번 만나는 사이에 그녀도 혼자가 된 지 10년이 넘었다고 했다. 딸자식 하나는 이미 결혼하여 떠났고 혼자 이렇게 산행을 하면서 노년을 보낸다나.

"우리 결혼합시다. 서로 외로운 처지에 등이나 서로 긁어 주면서 노년을 함께 보냅시다."

이런 말이 강민호의 입에서 툭 튀어나왔다. 그러자 여자는 오랫동안 생각에 잠겨 있다가 이렇게 말했다.

"살고 계신 아파트를 제 명의로 옮겨주시면 결혼하지요."

처음에는 무슨 소린가 해서 멍했지만, 차츰 그 내용이 환하게 밝혀지면서 당황했다. 아파트는 아내가 죽는 날까지 생활비를 아껴 가면서 모은 돈으로 산 집이다. 며칠을 두고 생각하는 동안 여자가 늙어서 재혼하는 판에 이런 재산이라도 손에 쥐여 줘야 안심하는 것이 아닐까 하는 생각도 들어서 그러자고 해놓고 마음도 정리할 겸, 인도 여행길에 올랐다.

단체여행이라 모두 한 몸같이 움직여야 한다. 더위로 땀은 비 오듯이 흘러내려 눈이 따가웠다. 세계에서 제일 아름답다는 무덤, 아그라의 타지마할을 둘러보고 있었다. 가이드는 약간 상기한 얼굴로 무덤의 내력을 설명했다.

"무굴제국의 다섯 번째 황제인 샤자한이 지극히 사랑하던 아내가 19년 결혼생활 중 열네 번째 아이를 낳다가 죽게 되었습니다."

그러자 관광객들은 '우와 열네 번째 아이라고' 하면서 기성을 발했다. 결혼생활 내내 배가 불러 있었다는 뜻이라고 여자들은 수군거린다. 그런데 임종 자리에서 아내인 뭄타즈 마할이 이렇게 말했다고 한다.

"내가 죽거든 절대 장가들지 마세요."

"죽어서 당신 곁에 갈 때까지 순결을 지키리다."

"그리고 열네 명의 우리 자식들을 잘 길러 주세요."

"그것도 약속하리다."

"마지막으로 제가 죽어 묻힐 무덤을 세상에서 가장 아름답게 지어 주세요. 제 소원이에요."

샤자한 황제는 눈물을 뚝뚝 흘리면서 그러겠다고 약속했다. 죽은 아내를 위해 22년 동안 샤자한은 오로지 아내의 관을 넣어둘 무덤을 궁전처럼 아름답게 짓느라고 세월을 보냈다. 대리석과 보석을 옮기는 데만도 천여 마리의 코끼리가 동원되었고 기술자만도 2만 명을 동원하며 지은 타지마할은 죽은 왕비를 위해서 황제가 지은 세상이 감탄하고 있는 궁전이다. 흰 대리석에 박힌 28종의 보석들은 3백50년이 지났는데도 싱싱한 꽃으로 살아났다. 돔 밑에 덜렁 놓인 샤자한 부부의 관을 보면서 그 아름다운 건축에 관광객들은 모두 입을 떡 벌렸다. 정원도 아름답고 무덤이라고 하기는 너무 아름다운 넓은 궁전을 보면서 모두가 말을 잊었다.

그러자 가이드가 엄숙하게 말한다.

"샤자한 황제는 금요일마다 아내의 무덤에 찾아왔고 축제에는 아내의 대리석관 위에 엎드려 아가처럼 엉엉 울었다고 합니다."

순간 강민호는 뒤통수를 얻어맞은 듯 정신이 얼얼했다. 부와 권력과 명예를 거머쥔 황제가 아내를 사랑하여 일생 깨끗하게 살다 갔는데 자신은 어떠한가? 그제야 지금도 샤자한처럼 죽은 아내를 지극히 사랑하고 있음을 깨달은 그는 아내가 남편인 그의 마지막 안식처로 사놓은 아파트를 지키리라 다짐을 한다. ✤

# 탈무드를 읽은 어머니

재래시장에서 30년이 넘도록 한복집을 경영하며 아들 넷을 대학까지 공부시킨 정선댁은 이제 살날이 얼마 남지 않았다는 걸 체감으로도 알고 있었다. 방바닥에 앉아 있다가 일어설 적에도 두 손을 방바닥에 짚고 어기적거리고 어제 있었던 일도 도통 생각이 나질 않았다. 이러다가는 남편이 죽은 뒤에 혼자 손으로 돈을 벌어 대학을 보내고 결혼시킨 4명 아들들의 생일은 물론 손자소녀들의 이름까지 잊을 지경에 이를 수도 있다는 생각이 들었다.

아들들은 좋은 직장에 다니고 있어 이제 어미의 도움이 전혀 필요하지 않았다. 그런데 어쩌랴! 정선댁은 이제 자식들의 도움이 필요하건만 한 놈도 얼굴을 내밀지 않았다. 일 년에 그녀를 찾아오는 횟수는 점점 줄어들어서 고작 그녀의 생일과 설날, 그리고 추석이 전부였다. 모두 바쁘다고 했다. 게다가 어버이날은 생일과 겹쳐서 함께 계산해버렸다.

추석에 모여든 아들과 며느리들을 앞에 앉혀놓고 특별 좌담회를 정선댁이 열었다.

"내가 아무래도 살날이 얼마 남지 않은 것 같다. 그런데 너희들을 여자 혼자 손으로 벌어서 대학까지 공부시키느라고 빚을 너무 많이 져서 이대로 눈을 감을 수가 없구나. 그러니 너희들이 이 어미가 편안히 눈을 감을 수 있도록 능력이 닿는 대로 내 빚을 갚을 수 있는 만큼의 돈을 적어 보아라."

정선댁은 미리 준비해놓은 종이를 네 명의 아들들 앞에 내놓았다. 놀란 아들들은 서로 눈치를 보면서 받은 종이를 만지작거렸다. 어머니가 장사를 해서 그간 시골에 많은 토지도 사놓았고 그리고 주식을 아주 많이 사놔서 재산이 엄청날 거라고 알고 은근히 어머니 돌아가신 뒤에 각자가 챙겨갈 유산을 넘보고 있던 터라 실망이 대단했다.

첫째 아들이 휙 숫자를 써서 어머니 앞에 내밀었다. 동생들이 곁눈질 해보니 오백만 원이었다. 해서 둘째도 셋째도 오백을 썼고 막내아들은 심성이 착해서 오천만 원을 내밀었다. 모두 합치니 육천오백만 원이었다.

그리고 아들들은 그 뒤 적어낸 돈도 가져오지도 않았고 아예 발길을 딱 끊어버렸다. 자식들이 오기를 기다리다 못한 정선댁은 하루 날을 잡아 모두 모이라고 했더니 손자손녀 며느리는 오지 않고 달랑 아들 네 명만 왔다. 써낸 돈을 재촉하는 줄 알고 아주 떨떠름한 표정이다.

오천만 원을 써낸 막내만 수표를 내밀면서 미안한 표정을 지었다. 다른 아들들은 그나마 작은 돈이건만 빈손으로 왔다.

"내가 너희들을 부른 것은 이제 죽을 준비를 하면서 재산을 정리하려고 한다."

정선의 말에 모두 시무룩해서 입을 열지 않았다.

아들들의 표정에 서글픈 마음을 감추지 못하고 휘둘러본 뒤에 정선댁은 차분한 음성으로 말했다.

"내 빚을 갚겠다고 적어낸 액수의 10배를 유산으로 주려고 한다. 그러니 장남은 오천만 원, 둘째, 셋째도 똑 같고 막내는 오억이 되는구나. 그리고 남는 것은 내가 노인시설에 들어가 편안히 쓰다가 남은 것은 노인들을 위한 시설로 돌리마."

찬물을 끼얹은 듯 방안이 싸늘했다. 그러나 정선댁은 이런 아들들을 둘러보고 비밀스러운 미소를 삼키면서 속으로 쾌재를 불렀다.

'지난달 목사님이 추천한 탈무드를 읽으면서 얻은 지혜가 이렇게 고마울 수가 없구나!' ✨

# 이상한 주부클럽

한 주일에 한 번씩 목요일 점심시간에 다섯 명의 여자들이 동네의 한적한 한식집에 모인다. 시계처럼 어김없이 모이는 관계로 음식점에서도 이날, 이 시간에 구석방 하나를 늘 예약석으로 잡아 내주었다.

이들은 아들이나 딸을 하나씩 슬하에 두고 있고 모두 초등학교 3학년에 재학 중이라는 공통점을 지니고 있다. 게다가 어려서 주일학교에서 만난 친구들이다. 자식을 하나 낳아 기르는 것은 한 세대 전에만 해도 문제아로 간주하여 교사들이 케이스 스터디로 삼았을 정도였다. 자식이 하나라는 것은 사회성이 없고 응석받이로 자라나서 학교에 와서는 연구대상이 되었다. 그러나 이제는 모두 하나씩만 낳아 기르니 학교마다 문제아들을 교실 그득 채우고 있는 셈이다.

그럼 이들 다섯 명의 주부들은 자녀교육의 문제점을 해소하기 위하여 모이는 것인가? 절대로 아니다. 이들은 시부모 공격하기클럽으로 어떻게 하면 시부모의 화를 돋워 보기 좋게 승리를 거둘 수 있는가 하는 공동의 목표를 지니고 모이는 것이다.

"제일 빠른 방법은 아예 시부모를 싹 무시하고 만나 주지를 않는 것이다. 나는 작년부터 이 방법을 쓰고 있단다."

"그럼 남편이 야단하지 않니? 나도 그 방법을 쓰다가 아주 호되게 당했는데 괜찮아."

"내가 개새끼냐. 목을 매어서 끌고 갈 것도 아니고 그냥 싹 무시하면 된다고."

"넌 친정이 가난해서 신랑 반지도 못해 시어머니가 너 대신 신랑반지를 샀고 심지어 결혼식에 시어머니 한복도 해주지 못했으면서 왜 그러냐?"

"그러니까 내 결혼을 반대해서 결혼에 골인하느라고 얼마나 내가 마음이 상했는지 아니."

"그래도 그런 시어머니가 어디 있니. 시어머니에게 선물도 하나 사주지 못했으면 그래도 만나는 줘야 하는 것 아니냐."

"난 결혼식 끝나면서 시댁식구를 아예 무시하고 만나지 않고 그 집의 금쪽 같은 아들만 데리고 나오겠다고 결심했다. 그렇게 일생을 두고 복수하기로 한 거야. 그래야 나를 거부했던 시부모에게 분풀이가 되는 것이 아니겠니."

"네 말이 맞다. 나도 벌써 5년째 시부모를 보지 않고 있다. 자기 아들만 최고냐. 나도 우리집에서 최고로 대접받고 자랐는데 시집오니 마치 나를 하녀처럼 보더라. 그래서 발을 딱 끊었지. 이래서 여기 나오는 거야. 너희들도 나처럼 그래 봐라. 아주 속이 시원하고 어깨가 가볍고 골이 펑 뚫리는 기분이 든다."

"그래 그 방법이 최고다. 지금 시대가 어느 때냐. 호랑이 담배 먹던 시절의 고부 관계는 이제 끝이 났다. 만나고 싶은 사람만 만나도 힘든 시대가 아니냐. 자식 낳아 길러서 독립해 내보냈으면 그것으로 끝난 것이 아니냐. 성경에서도 남자가 부모를 떠나 여자와 연합하여 한 몸을 이룬다고 했으니 말이다. 부모를 떠난다고 분명히 성경은 말하고 있다."

"그래 맞는 말이다. 우린 여성 상위 시대의 선각자들이다."

해서 저들 다섯 명은 시댁 거부운동을 이런 식으로 진행하기로 결정했고 목요일마다 만나서 그간 일어났던 일을 서로 보고하고 보충하여 지혜를 얻기도 했다. 정기적으로 이런 모임에 참여하여 마음을 같이하고 위로도 받고 용기도 얻어서 서로 큰 버팀목이 되었다.

모두들 미국처럼 장례식에나 참석하여 죽은 이의 얼굴만 보면 그 의무를 다하는 시대가 되었다고 확신했다.

그런데 참으로 이상한 일은 헤어져서 집으로 돌아가면서 각자 말은 하지 않지만, 속이 더부룩하고 찜찜하다는 점이다. 부모를 공경하는 것이 이 땅에서 잘되고 장수한다고 배운 주일학교 선생의 가르침이 속에서 은밀하게 반란을 일으키기 때문이다.

# 백수건달은 싫어

딸도 없이 딱 하나 낳아서 금이야 옥이야 기른 아들이 장가를 들더니 완전히 남이 되었다. 하긴 요즘 세상에 아들보다 딸이 더 좋다고 널리 알려진 터라 그렇게 받아들이려고 해도 속이 상한 자옥은 밤에 잠을 이룰 수가 없었다.

이런 복더위에 열무김치를 오이를 넣어 새콤하게 익혀서 한 통 들고 아들이 사는 아파트에 갔더니 가족이 모두 여름휴가를 떠났다고 경비원이 말한다. 게다가 듣지 말아야 할 말까지 들었다.

"장모님을 모시고 가던데요. 닷새 뒤에나 온다고 했어요."

아무리 생각해도 괘씸했다. 여름휴가를 간다고 전화를 걸어주었다면 이런 고생을 하지 않아도 되었을 터인데 말이다. 하긴 곰곰이 생각해 보니 아들은 이미 어머니인 그녀의 곁을 오래전부터 서서히 떠나고 있었다. 중학교 다닐 적만 해도 치맛자락을 붙들고 휘감기더니 고등학교에 들어가니 꼭 사촌 같았다. 대학교에 입학하니 팔촌처럼 여겨졌다. 결혼하고 나니 사돈지간처럼 어렵고 서먹하니

멀게 느껴졌다. 결혼 초에는 생활비를 도와 달라고 생쥐가 곡식 담긴 방구리에 드나들 듯 촐랑대며 문턱이 닳게 오더니 어느 날부터인가 발걸음이 뚝 그쳤다. 알고 보니 직장에서 승진하여 높은 자리에 앉아서 돈을 듬뿍 벌고 있었다. 어쩌다 들러보면 장모하고 호호, 하하 재미있게 지내고 있었다. 돈이 많으니 이젠 장모의 아들로 변신한 것일까.

끌탕을 하니 혈압이 높아지고 당뇨까지 겹쳤다. 의사가 주는 신경안정제를 한 알 먹고 누웠다. 안개 속에서 아들이 다정하게 웃으면서 다가온다. 가만히 보니 혼자다.

"너 왜 혼자 왔니?"

"저 직장을 잃어 백수건달이 되었어요."

놀란 자옥이 눈을 번쩍 뜨니 꿈이었다.

천천히 그녀는 머리를 흔들면서 중얼댄다.

"내게 오지 않아도 좋다. 너희들 장모하고 잘 살아라." ✶

# 가슴이 마신 술

전 직원 회식을 하는 저녁이 진호에게는 지옥에 끌려가는 날이다. 팀장이 언제나 술을 권하기 때문이다. 집에 가면 술 냄새로 아내의 눈이 도끼로 변해서 전신을 난도질하고 어머니까지 가세하여 등을 돌리니 정말 죽을 지경이다. 그렇다고 술을 거절하면 직장을 옮겨야 할 판이니 이건 가정의 밥줄이 끊어지는 날이다. 이런 고통을 알아낸 아내와 기도한 끝에 드디어 술을 먹지 않아도 된다는 직장이 생겨 옮기는 아침에 현관에 나온 아내가 다짐을 한다.

"요번 이 직장이 마지막이에요. 당신 간이 좋지 않아서 더 이상 술을 마시면 그건 죽음이나 마찬가지에요. 저와 약속하세요."

"알았어. 날 믿으라고. 입에 술은 죽어도 안 댈 터이니 걱정하지 말라고. 이 직장상사의 말로는 일할 사람으로 교인들만을 뽑는다고 했으니 술 마실 일은 없을 거라고."

이런 아들을 문을 빠끔 열고 내다보던 어머니도 눈을 찡긋하며 기쁨의 눈길을 보냈다.

그런데 어쩌랴. 저녁 퇴근길에 진호가 새로 왔다고 전

이건숙 문학전집 **10** 너를 내 손바닥에 새겼고

직원 회식을 사장이 명하는 것이 아닌가. 작은 회사이니 전 직원이래야 30명 정도 된다. 저들 뒤를 따라가면서 진호는 열심히 마음으로 다짐한다. 설령 만에 하나 술을 먹으라고 하더라고 사양할 것이라고.

그런데 어쩌랴. 음식상 앞에서 다른 직장처럼 사장이 직접 진호에게 소주를 모든 직원들이 보는 앞에서 권하는 것이 아닌가. 교회 다니는 사람들만 모인 곳인데 이럴 수가!

"처음 왔으니 내 잔을 받게."

사장이 손수 소주잔에 술을 철철 넘치게 담아 그의 눈앞에 떠억 내민다. 진호는 멈칫거렸다.

"아하하……. 이 사람아! 술을 잘 마셔야 일도 신나게 하고 동료들과 잘 통하는 법이야. 이거 듣던 대로군. 전번 직장에서 술 문제로 사임하고 우리에게 왔다는 정보를 들었어. 자자……. 어서 받게. 여기서도 술을 마셔야 살아남아. 술을 마셔야 화통한 성격이 된다고."

"전 간이 나쁘고 더구나 집사라 술을 먹으면……."

"사내자식으로 태어나서 술 못 마시면 직장생활 못하지. 직장하고 교회는 달라. 자자……. 어서 쭉 마시라고."

그러자 진호는 술잔을 두 손으로 공손하게 받았다. 둘러앉은 동료들은 흔쾌하게 웃으면서 모두 술잔을 높이 들어 건배를 올리고 모두 입가로 가져갔다. 사람들의 눈이 일제히 진호의 입언저리로 모아졌다. 그러자 힘 있게 진호도 술잔을 받아 입가로 가져갔다. 그러면 그렇지! 네가 별수 있냐! 하는 표정이 모두의 얼굴에 살아났다.

모두 맛있게 술을 마시는 동안 입가로 가져간 술잔을 신호는 슬쩍 턱밑으로 내리는 것이 아닌가. 그러고는 술술 넥타이를 맨 가슴에 붓고 있었다.

"아니 자네 사장의 술잔을 그렇게 비울 수 있는가?"

성난 사장의 음성이 좌중을 갈랐다. 모두 숨을 삼키면서 진호의 얼굴을 응시했다.

그러자 배시시 웃으면서 진호는 말했다.

"여러분들은 술을 입으로 마시지만 저는 가슴으로 마십니다. 입보다 가슴이 더 맛있어 하니까요."

살얼음 같은 분위기가 좌중을 쎄하게 찍어 눌렀다. 그러자 한동안의 무거운 적막을 깨고 갑자기 사장이 천장이 떠나갈 것처럼 웃음을 터뜨렸다.

"오늘 진짜 예수쟁이를 만났구나! 모두 교회 나간다고 해놓고 술을 잘 마시는데 너 같은 진짜는 처음이다. 하하…… 좋아, 좋아." ✸

# 두 개의 시민권

아침 러시아워는 모두가 바쁜 시간대이다. 직장이나 학교로 향하는 사람들이 촌음을 다투기 때문이다. 김 목사는 아침에 모이는 교역자 회의에 간신히 시간을 맞출 수 있어서 마음이 다급했다. 부교역자들에게 지각하는 모습을 보이고 싶지 않아서다.

갑자기 지그재그로 달려오던 소나타가 곡예를 하듯 김 목사의 차 앞으로 파고든다. 일 초의 여유가 없었다면 대형사고로 이어질 순간이었다. 이럴 때는 목사지만 마구 욕지거리가 나오게 마련이다. 터져 나오는 거친 말들을 꾹 참으면서 나란히 빨강 신호등에 막혀 서버렸다.

앞차 꽁무니에 물고기가 선명하게 눈에 들어온다. '익투스(예수 그리스도는 하나님의 아들 구세주)'란 헬라어의 첫 글자들이 또렷하게 눈에 들어오자 버럭 의분이 치밀었다. 분을 참지 못한 김 목사는 차에서 뛰어내려 앞차의 운전자에게 다가갔다.

"물고기를 달고 무슨 운전을 그렇게 지랄같이 하오. 이건 예수 믿는 성도를 모욕하는 행위요."

그는 실실 웃으면서 머리를 긁적거린다. 거기에 더 화

가 치민 김 목사가 악을 썼다.

"당신 어디 사는 사람이요?"

이 물음은 그가 성경을 가르칠 적마다 늘 하는 십팔 번이다. 이때, 성도들이 일제히 하는 대답을 그도 했다.

"천국에 살며 천국시민권을 가지고 천국법을 지킵니다."

"다니는 교회 이름을 대시오. 내가 전화를 걸어 그 담임 목사를 가만 놔두지 않을 거요. 교인들 제대로 가르치라고."

"저, 목사님 교회 안수집사예요."

그러자 말문이 막힌 김 목사가 기어들어 가는 목소리로 말했다.

"한국시민권도 가지고 있으니 이 땅의 법도 지키시오." ✱

# 그건 아니야

왕 교수의 임종 자리를 지키며 아내와 외동아들인 덕기
가 발을 동동 굴렀다. 다른 사람들을 다 내보내고 식구들
만 단출하게 자리 잡았다. 희수를 넘겼으니 살 만큼 살았
다고 생각한 왕 교수는 이렇게 안타까워하는 아내와 아들
이 참으로 대견했다.

"나 죽는 걸 너무 슬퍼하지 마소. 난 참으로 행복하게
살다 가니 조금도 후회가 없소."

"영감이야 그렇게 가면 되지만 우린 어떻게 해요?"

자꾸만 밑으로 가라앉는 의식을 되살리려고 아내는 남
편의 귀에 입을 바짝 대고 소릴 질러댄다.

임종 자리에서 남은 식구들이 급하게 야단하는 것은 왕
교수가 30년 전에 사회에 공표한 사건 때문이다. 그 당시
이 사건은 사회의 큰 반응을 불러일으켰고 그 일로 왕 교
수는 일약 스타덤에 오를 정도였으니 말이다.

내용인즉 자기는 죽기 전에 모든 재산을 사회에 환원하
고 간다고 했기 때문이다. 그 일로 많은 사람들이 거기에
서명하고 야단을 해서 사회에 신선한 충격을 안겨준 적이
있었다.

"영감! 당신은 그냥 가면 되지만 우린 어쩌라고. 이 집을 사회에 주고 가면 우리 모자 어디로 나가 살아요. 이 아이도 사업을 하다 망해서 집 한 채 없으니 길거리로 나가란 말이오."

"맞아요. 어머니랑 저희 식구 모두 길거리로 나앉아요."

그러자 꺼져 가는 목숨을 헐떡이며 왕 교수가 중얼거렸다.

"그건 아니야. 법적 조치를 취한 것도 없으니 그냥 이 집에서 살아." ✦

# 귀여운 남자

베트남으로 향하는 아시아나 항공이 짙은 안개로 인해 밑을 볼 수 없을 정도로 높이 구름 위로 불끈 솟아올랐다. 통로를 가운데 두고 나란히 앉은 두 남자는 더운 지방으로 가는 관계로 모두 헐렁한 반바지에 시원한 남방 차림이었다.

입국 쪽지를 쓰면서 서로 볼펜을 공유하고 모르는 칸을 어떻게 쓸지 물어 가면서 무척 친하게 되었다. 정상인보다 두 배는 뚱뚱한 남자와 오이처럼 몸이 바짝 마른 남자는 자연스럽게 가까워지게 되었다. 점심으로 스튜어디스는 맥주와 포도주를 권했다. 마른 남자가 백포도주를 청하더니 깡통 맥주도 받아 식탁에 놓는다. 바짝 마른 남자가 혼자 마시기가 미안했는지 포도주를 권한다.

"비행기를 탈 때에는 백포도주를 한 잔 마셔야 피 순환이 잘 되어서 피곤이 덜합니다. 더구나 공짜이니 많아 마십시다."

그러자 뚱뚱한 남자가 머리를 흔든다.

"저는 예수를 믿기 때문에 술을 입에 대지 않습니다."

"예수를 믿어도 약으로 포도주를 잡수세요."

바짝 몸이 마른 남자는 땅콩까지 청하면서 포도주잔을 몇 잔 들이켰다. 사이공의 탄산놀 공항에 내린 두 사람은 서로 악수를 하고 헤어져 각기 택시를 탔다. 호찌민시의 홍화라는 마을의 어떤 집 앞에서 둘은 다시 만났다.

"어어……. 이 집에 오시는 겁니까?"

뚱뚱한 사내가 멋쩍은 얼굴로 말한다. 바짝 마른 남자는 상대방을 보고는 가슴이 철렁했다. 초인종을 누르자 머리가 하얀 노인이 나와서 반긴다. 베트남 선교사였다.

"전도사님하고 목사님이 같은 비행기를 타셨나 보군요."

그러자 전도사인 뚱뚱한 남자가 오이처럼 바짝 마른 목사를 향해 머리를 숙인다. 두 남자는 같은 방에 거하게 되었다.

오이처럼 생긴 목사가 어색한 얼굴로 전도사를 보며 말한다.

"아시지요? 절대 비밀입니다."

그러자 뚱뚱한 전도사가 그렇게 하겠다고 머리를 끄덕인다. 둘은 모두 베트남 선교현장을 둘러보러 온 목사와 전도사라 비행기 안의 사건을 물속으로 가라앉히고 침묵했다. 그러다가 제사 문제를 놓고 전도사와 목사가 논쟁이 붙었다. 오이처럼 날카로운 목사는 죽어도 제사를 지내지 말아야 한다고 으름장을 놓았고 뚱뚱한 젊은 전도사는 조상에게 절하는 것은 예의라고 우겼다. 아무래도 목사의 말에 밀린 전도사가 방문을 걷어차고 뛰어나갔다.

"에이! 내가 선교사님께 일러버릴 거야."

"그러면 너 죽어."

뚱뚱한 전도사가 2층에 있는 선교사 방으로 향하자 뒤에 오이처럼 바짝 마른 목사가 따라붙는다.

"이를 거야."

"그러면 너 죽어."

악착같이 발목을 잡고 늘어지는 목사의 손힘에 밀려 전도사가 선교사의 방문 앞에 개구리처럼 대자를 그리고 엎드려져버렸다. 그 뒤를 바짝 따라붙은 오이처럼 마른 목사가 계단 위에 개구리처럼 엎드린 뚱뚱한 전도사의 두 발을 꼭 붙들고 늘어진다. 밖이 소란해서 무슨 일인가 보려고 문을 연 선교사를 향해 뚱뚱한 전도사가 엎드린 채 고개만 들고 외쳤다.

"목사님이 비행기 안에서 술을 마셨대요."

그러자 전도사의 두 발목을 죽자 사자 붙잡았던 목사가 배를 깔고 엎드렸던 계단에서 벌떡 일어나 손을 털면서 중얼댄다.

"에이! 일러버렸네." ✻

171

# 골짜기로 떨어지는 사람

개척하여 20년 만에 성도의 수가 천 명을 돌파했다. 이제는 아무래도 수작업보다는 전산화하여 교역자들까지 전부 컴퓨터로 일을 시켜야겠다는 계획을 오 목사는 당회에 내놓았다.

"이제 우리도 시대에 발맞춰서 교적부나 심방기록 등을 전산화하겠습니다."

그러자 작은 약국을 운영하고 있지만, 앞이 꽉 막혀서 언제나 답답한 김 장로가 나섰다.

"지금까지도 잘 해왔는데 전산화하면 무엇이 좋습니까?"

"우선 시간을 절약할 수 있습니다. 예를 들면 성도들의 생일도 몇 분 내에 알 수 있고 심방 날짜와 심방 시에 설교한 말씀을 컴퓨터에 저장해 놓으면 중복되질 않습니다. 성도들의 교적부 관리가 아주 쉬워지고 교역자들이 일을 더 많이 할 수 있습니다."

오 목사는 침착하게 설명을 하면서도 내심 걱정이 되었다. 워낙 꽉 막힌 김 장로가 융통성 없어서 뭐라고 방해를 놓을지 모르기 때문이다.

아니나 다를까. 김 장로가 호기 있게 버럭 소리를 지른
다.

"예수님도 컴퓨터를 사용하셨습니까?"

의아해진 오 목사가 김 장로의 눈을 응시했다.

"너희는 이 세대를 본받지 말라고 성경은 우리에게 가
르치고 있습니다. 예수님도 순교하신 주기철 목사님도 심
지어 하나님도 컴퓨터를 사용하지 않았는데 이 일로 우리
교회가 세속화되면 이거 되겠습니까."

"장로님은 말씀을 잘못 해석하고 있습니다. 그 뜻
은······."

그러자 김 장로는 의분에 들떠서 의젓하게 목사의 말을
가로막는다.

"시대가 변해도 말씀은 일점일획도 변함이 없습니다."

정보사회 거센 바람에 밀려 깊숙한 골짜기로 떨어져 내
리고 있는 그가 불쌍해서 오 목사는 한숨을 삼켰다. ✴

# 어이없는 장로

밀양의 번화가에 자리 잡은 박 장로 댁은 가족들이 모여들어 모두 죽을상이다. 박 장로의 임종은 진짜로 소란했다. 조용히 눈을 감아 임종을 하지 못하고 무서울 정도로 이불을 두 손으로 잡아 뜯으면서 죽지 않으려고 악을 썼다. 머리 뒤통수와 발꿈치를 방바닥에 대고 허리는 활처럼 휘어서 배를 위로 둥글게 만들면서 숨을 몰아쉬고 헐떡거렸다.

동네 사람들이 모여 수군대고 친척들도 옹기종기 마당가에 모여 서서 목소리를 죽이고 속닥거렸다.

"새로 오시는 목사님마다 앞에 앉혀놓고 그렇게 모질게 굴었으니 임종자리가 편안하지 못한 모양이야."

"맞아요. 교회 짓느라고 고생한 목사도 강제로 내쫓았으니."

사실이다. 자신의 땅을 내놓아 교회를 지은 박 장로는 언제나 목사의 머리 위에서 놀았다. 아무튼, 목사를 우습게 여기고 마구 들볶은 행위와 거들먹거렸던 교만이 아마도 박 장로의 큰 죄목이 될 것이다.

박 장로가 40세 되던 봄에 병명도 모르는 병에 걸려 죽게 되자 무당이 와서 굿을 해도 소용이 없었다. 그의 임종 자리에서 시골 여전도사가 기도하여 기적적으로 살려낸 뒤에 그는 예수를 믿었다고 한다.


　어쩔 수 없이 담임목사가 심방을 왔다. 딸들이 울면서 명주이불을 두 손으로 쥐어뜯는 아버지의 손을 힘을 다해 꼭 잡았다. 임종 자리에 달려온 목사가 장로의 귀에 입을 바짝 대고 소리친다.
　"장로님, 절 따라 하세요. 나는 예수님을……."
　목사가 장로의 귀에 입술을 바투 대고 외치자 몸을 활처럼 뒤척이면서도 박 장로는 목사를 따라서 더듬거린다.
　"나는 예수님을……."
　목사가 목청을 높인다.
　"사랑합니다."
　그러자 박 장로가 힘주어 받아서 한다.
　"모모……르르른다."
　둘러선 가족들의 얼굴이 죽을상이다. ✯

# 왕창 손해를 본 사람

만 명이 넘는 큰 교회에서 이름 없이 빛도 없이 묵묵히 신앙생활을 해온 노부부가 나이 아흔이 가까워져오자 걱정이 되었다. 집이 서울 도심지요, 또한 부촌에 자릴 잡고 있는데다 대지도 몇 백 평이 넘는 탓에 30억이 넘었고 저축해 놓은 돈도 상당해서 이 모든 재산 처분이 문제였다. 자식들에겐 모두 쓸 만큼 유산을 주었으니 이를 어떻게 처리할지가 문제였다. 더구나 가정부를 둔다 해도 할머니가 살림을 잘 꾸릴 수가 없어서 노인들이 다정하게 사랑하며 모여 사는 시설로 가기로 부부는 결정을 내렸다.

"여보, 이 재산을 누구를 주지?"

"일생동안 우리의 신앙생활을 이끌어 준 출석교회에 당연히 헌금해야지요."

할머니는 아주 흐뭇한 미소를 흘리면서 남편의 말에 동의했다. 부부가 교회당회장실로 찾아갔다. 일생 부부는 아주 검소하게 살아온 탓에 입은 옷이 상당히 초라했다. 당회장실 앞에는 비서실이 있어서 직통으로 들어갈 수가 없었다.

"좋은 일로 저희들의 담임목사님을 꼭 뵈어야 합니다."

노부부는 겸손하게 비서에게 머리를 조아리며 요청했
다.

"약속을 하셨나요?"

"아니요."

"지금 약속하시면 적어도 3개월을 기다려야 합니다."

"3개월씩이나 기다려요."

　교회가 너무 커서인지 늘 이런 식으로 거절을 하는 모
양이다. 그때 당회장 목사가 들어오고 있었다. 노부부는
늘 강단 위에서 설교하는 인자한 모습을 보았기 때문에
반가워서 벌떡 일어나 공손하게 허리를 깊이 숙여 절을
했다. 당회장 목사는 추레한 옷차림의 노부부를 흘끔 보
고는 그냥 지나친다.

"저희들이 목사님을 꼭 뵙고 말씀드려야 합니다. 중요
한 일입니다."

　할아버지가 기어들어 가는 목소리로 말하자 당회장 목
사는 턱으로 비서를 가리키면서 그리 물어보고 약속을 잡
아보라고 한다. 그들 사이에 찬바람이 횡 돈다. 부부는 계
면쩍은 마음을 추스르면서 사무실 안을 둘러본다.

"여기는 돈이 너무 많군. 우리 돈이 필요 없어요. 우리
재산을 차라리 가난한 사람들을 도와주는 구호재단에 기
증합시다."

　할아버지가 단호하게 말하면서 자리를 박차고 일어났
다. ✯

# 은혜가 충만

　김기룡은 천 명이 넘는 교인 중에서 이름이 알려진 명
물 집사이다. 그 이유는 은혜가 충만해서 목사가 은혜로
운 설교를 하면 성전이 떠나갈 정도로 '아멘'을 외치기
때문이다. 졸던 교인은 기겁해서 일어나기도 하고 심지어
어느 때는 목사도 깜짝 놀라서 어디까지 설교를 했는지
깜빡 잊어버리기도 한다.

　문제는 다음 주일에 존경하는 스승 목사가 오셔서 설교
를 하는데 김기룡 집사 때문에 걱정이 되었다. 분명히 은
혜를 받으면 성전이 떠나가게 '아멘'을 외칠 것이고 조용
하고 인격적인 은사 목사는 설교 중간에 놀라서 헛길로
나갈 가능성도 있었다. 이러다 보니 어쩔 수 없이 당회에
이 문제가 올라왔고 그 대책이 나왔다.

　김기룡 집사를 스승이 설교하는 동안 강단 옆의 목사
방에 전화를 받을 일이 있으니 그 방에 가 있으라고 유도
하여 고함치는 아멘 소리를 죽여 보자고 합의를 보았다.
순순히 목사 방에 들어가 전화기 옆에 앉은 집사를 보고
목사와 장로들은 후유 하고 안도의 숨을 내쉬었다.

　그런데 설교 도중 그 방에서 어찌나 크게 '아멘'을 외치

는지 설교하던 목사와 성도들까지 기겁을 해서 모두 그리로 눈길을 던졌다.

혼자 있는 방에서는 '아멘'을 외쳐도 된다고 생각한 김기룡 집사는 평상시보다 더 엄청나게 큰 목소리로 끊임없이 '아멘'을 외치는 바람에 설교가 중단되었다. 놀란 목사가 그 방으로 달려갔다.

"아니, 여기서 어쩐 일이세요. 설교도 듣지 못하면서……."

"제가 지금 미가서를 읽고 있는데 눈을 들어 지도를 보니 저것 좀 보세요."

목사는 어이없어하면서 벽에 붙어있는 세계지도를 보았다. 그냥 벽에 붙어있는 지도에서 무슨 일이라도 일어났단 말인가.

"아이코! 목사님 저 지도를 보세요. 이 세상에서 제일 깊은 바다가 저기 태평양에 위치한 마리아나 해구(Mariana Tench)라고 쓰여 있지요. 깊이가 1만1천34m나 돼요. 하나님이 회개만 하면 우리의 죄를 저 깊은 바다에 던지신다니 얼마나 감사합니까. 할렐루야! 아멘, 아멘……."

아멘 집사의 손끝이 마리아나 해구에 멎는 순간 목사도 아멘 화답하면서 흔쾌하게 웃었다. 정말 못 말리는 집사이다. ✳

# 이웃집 원수

닥터 박은 일본행 비행기에 오르면서 아침에 먹은 음식이 가슴에 걸려 답답했다. 이제까지 용케 일본 연수나 심지어 일본에서 열리는 학술대회를 피해 갔으나 이번엔 주강사가 되었으니 핑계를 댈 수가 없었다. 이번 주제는 그의 전공 분야이고 특별히 일본은 그 분야에서 그의 발밑에 있기 때문이다.

쾌청한 날씨라 비행기의 창을 통해 현해탄의 푸른 물결이 기름진 고등어의 등 빛깔로 무겁게 몸을 뒤척인다. 그가 일본과 왜놈들을 미워하는 까닭은 집안 내력 탓이다. 불행의 옹근 씨앗이 무지근하게 대대로 집안을 찍어 누르고 있어 그는 유년기부터 귀가 아프게 일본 사람들은 집안의 원수요, 이 나라를 괴롭힌 짐승 같은 존재이니 일생일본 사람하고는 상종도 하지 말라는 교육을 받고 자랐다. 어린 시절엔 그들은 분명히 머리에 뿔이 달렸거나 목에는 수십 마리의 뱀들이 매달려있고 온몸이 악귀처럼 더럽게 칠을 한 징그러운 괴물들일 것이라고 생각한 적도 있었다.

게다가 하필이면 지난주에 열린 안동의 여름수련회에

서 이육사의 문학관을 들렀다가 유일한 핏줄인 딸, 이옥비 여사와 관장의 강연을 들은 터라 더욱 일본은 싫다는 감정을 누를 수 없었다.

'이육사는 264번 수인의 번호입니다. 저항 시인인 그를 일본인들이 때려죽였습니다. 법정에서 재판하지 않고 개 패듯이 그렇게 때려죽였습니다. 괴물들에게 맞아 죽은 한이 서려 그분은 눈을 감지 못하고……'

그리고 시인의 따님은 육사의 시, 「광야」를 눈물 어린 목소리로 낭송했다. 마지막 구절에 이르러 닥터 박은 가슴이 찡하게 아프더니 울컥 눈물이 나왔다.

> 지금 눈 나리고
> 梅花香氣 홀로 아득하니
> 내 여기 가난한 노래의 씨를 뿌려라
> 다시 千古의 뒤에
> 白馬 타고 오는 超人이 있어
> 이 광야에서 목 놓아 부르게 하리라.

순간 돌아가신 할머니의 한 맺힌 절규가 들려왔다.

'네 할아버지는 스물다섯의 나이에 일본 사람에게 고문을 당하여 죽었다. 그놈들이 독립운동을 한다고 잡아다가 개 패듯이 때려죽였다. 시신을 보니 전신에 멍이 들었고 피투성이였다. 너는 일본 쪽을 향해 머리도 들지 마라. 그

곳은 인간이 아닌 괴물들이 사는 나라이다.'

닥터 박의 아버지는 일본음악이 나오거나 일본사람이 나오는 드라마, 심지어 일본에 관한 뉴스까지도 꺼버리는 분이다. 그만큼 닥터 박은 일본에 대한 알레르기가 심한 집안 출신이었다.

학회에서는 닥터 박을 마중하기 위해 일본의 거물급들이 공항에 나와 있었다. 그들이 일본 특유의 굽실거림으로 하는 인사를 그는 아주 도도하게 머리를 곧추세우고 거만한 태도로 받았다. 사진으로만 본 할아버지의 얼굴이 그들 앞에서 어른거렸다.

자가용을 타고 행사장으로 이동하는 고속도로에서 그만 바퀴가 펑크가 나고 말았다. 운전기사가 뜨거운 뙤약볕에 달구어진 아스팔트 바닥에서 땀을 뻘뻘 흘리며 바퀴를 갈고 있다. 동행한 일본학자들은 미안해서 어찌할 줄 모르고 끙끙거린다. 차의 무게를 줄이기 위해 모두 작열하는 햇살을 받으며 길가에 서서 기다렸다. 저들이 차가운 물 한 병을 닥터 박의 손에 쥐여 주면서 연신 허릴 깊숙이 숙인다. 타이어를 가는 운전기사의 얼굴이 측은할 정도로 땀으로 얼룩져서 눈을 뜨기도 힘들 지경이었다.

가을이 오면 언제나 파란 하늘을 우러러보면서 그가 애송하는 「청포도」라는 시를 쓴 이육사를 때려죽인 일본인을 닥터 박은 증오하고 있었다. 지금 뙤약볕 밑을 아무리 둘러봐도 주위엔 할아버지와 우리의 독립 운동가들을 죽

이건숙 문학전집 **10** 너를 내 손바닥에 새겼고

인 괴물, 일본인은 없었다. 뜨거운 아스팔트 위에서 애를 쓰고 있는 그 기사의 얼굴은 뿔난 괴물도 이웃집 원수도 아니었다. 순간 그 기사가 불쌍하다는 연민의 정이 그의 가슴을 스쳤다. 단지 나약하고 가여운 한 인간이 그의 앞, 아스팔트 위에 누워있을 뿐이었다.

닥터 박은 가만히 다가가 그의 어깨를 다독거려주면서 입도 대지 않은 찬 물병을 그의 앞에 내밀었다. ✱

# 열린 문

　강 과장은 평상시처럼 복잡한 버스에 시달리며 정시에 회사에 도착했다. 이 회사에 다닌 지 25년, 이젠 집 다음으로 가장 손때가 많이 묻는 곳이다. 사무실에 들어서니 분위기가 이상했다. 그와 눈 마주치기를 피하며 모두 눈길을 피한다. 이상한 기분이 들면서 등 뒤로 한기가 스친다.

　25년 동안 앉았던 의자에 앉으면서 책상 위를 보았다. 흰 봉투가 덩그마니 놓여있다. 천천히 봉투를 열었다. 명퇴하라는 해고통지서였다. 눈앞이 아찔했다. 어떻게 한마디 말도 없이 25년간 피땀 흘려 일해 온 직장에서 이렇게 허무하게 잘릴 수가 있단 말인가. 슬그머니 일어나 회사 건물을 빠져나왔다. 어디로 간단 말인가. 앞에 안개가 낀 듯 희미하고 현기증이 나서 벽을 잡고 간신히 몸무게를 지탱했다. 다리가 마치 구름을 딛고 선 듯 휘청거렸다. 이제 갓 대학에 입학한 딸과 아직도 과외를 받고 학원에 나가야 할 고등학교 2학년짜리 아들이 있다. 월급을 쪼개서 아껴 쓰는 짠돌이 아내 얼굴도 앞을 스쳤다. 장차 이 가정이 가야 할 길이 험난해 보여 죽고 싶었다. 집엘 가지 않고 정처 없이 도심지를 헤매다가 해가 저물자 싸구려 여관에 들어가 잠을 잤다.

일주일 만에 거지꼴이 되어서 집에 들어갔다. 죽어도 가족들 한 번 보고 죽을 셈이었다. 이런 남편의 몰골을 보고는 아내는 말없이 어서 씻으라고 욕실 문을 열어주고 갈아입을 새 옷을 디밀었다. 맛깔스럽게 차린 밥상에 앉으면서 강 과장은 툭 한마디 던졌다.

"죽고 싶어."

"죽을 용기가 있으면 우리 삽시다. 우선 하나님 앞에 우리 둘이 기도합시다. 이 모든 일이 합력하여 선을 이룰 것입니다."

점심은 아내가 정성스럽게 손수 밀가루를 반죽하여 만든 칼국수였다. 이건 아내의 특기였다. 어딜 가서 먹어도 아내의 손맛이 제일인 멸치국수였다.

"친정어머니가 한산에서 오시면서 모시풀을 가져와서 즙을 내어 국수를 만들었더니 빛깔도 좋고 아주 맛있어요."

짙은 초록빛이 살아나는 색깔의 국수였다. 맛도 풋풋했다.

"당신이 해직되어 사라진 걸 알고 온 식구들이 친척집까지 다 돌면서 찾아다녔어요. 전 밤마다 교회에 가서 철야기도를 했고요. 기도 응답은 한쪽 문이 닫히면 다른 쪽 문이 열려 있대요. 그걸 찾자고요. 우리 국숫집을 하면 어때요. 제 특기잖아요."

　이렇게 해서 연 모시풀 국숫집은 아내의 손맛이 알려지면서 날마다 손님이 몰려들었다. 모시풀로 물들인 초록 국수가 인기를 끌었다. 어찌나 손님이 많은지 자리가 부족하여 다 수용하지 못할 정도였다. 국숫집 강 사장이 된 그의 몸에선 빛이 넘쳐흘렀다. ✶

# 허름한 오두막

이나연 여사는 자살하기 위해 산자락 끝까지 가는 버스를 타고 종점에서 내렸다. 이른 봄이라 찬바람이 겨드랑이 밑에까지 파고들었고 산골짜기를 붉게 물 드린 진달래로 인해 울적한 마음이 소금이라도 뿌린 듯 사뭇 아리고 서러웠다. 갓 시집온 신부의 치맛자락을 닮은 진달래꽃 속에 누워 죽어도 좋으리란 생각이 들었다. 산 중턱으로 가기 위해 둘레 길을 따라 걷기 시작했다. 산허리를 돌고 또 돌아도 산들은 접은 병풍을 세워 놓은 듯 겹겹이었다.

한곳에 이르니 천상의 음악이 들려오기 시작했다. 간간이 까르르…… 하하…… 호호…… 웃는 웃음소리도 들려왔는데 세상에 저렇게 행복한 사람들이 살고 있을까 싶을 정도였다. 아마도 그녀가 죽으려고 하니 이 세상에서 나는 소리가 아니고 천상의 음악소리 같은 소리가 울려온다는 생각도 얼핏 스쳤다.

산허리를 헐떡거리면서 한 바퀴 안고 도니 눈앞에 허름한 오두막 한 채가 나왔다. 가만히 다가가서 문틈으로 안을 들여다보니 두 다리를 쓰지 못하는 아버지와 화장기라고는 전혀 없는 어머니를 중심으로 고만고만한 어린 자녀들 다섯이 둘러앉아서 찬송가와 성경을 펴놓고 즐겁게 찬양을 하며 웃고 있었다. 식구들 모두가 걸친 옷은 누더기에 가까웠다.

자신을 살펴보았다. 몸에 걸친 옷과 장신구만 해도 이런 집을 수십 채 살 수 있는 명품들이다. 이렇게 치장을 하고도 죽을 마음이 들 정도로 불행한데 저 사람들은 가진 것도 없고 이렇게 허름한 오두막에 살면서 저렇게 행복할 수 있다니!

이나연 여사는 바로 산 밑으로 내려왔다. 죽기 전에 저들처럼 한 번만이라도 행복하게 살다가 죽고 싶었기 때문이다. 차고 넘치는 재산으로 인해 거드럭거리는 남편의 바람기와 시부모의 떵떵거림을 뒤로 하고 저렇게 행복하게 살고 싶었다. 그녀는 산 아래에 있는 십자가 탑을 보고 그리로 급히 발걸음을 옮겼다.

'죽음을 잠깐 보류해 보자.'라는 말을 중얼대면서 말이다. ⁂

# 지옥 문턱에 서 있는 친구

　공부를 잘해서 좋은 대학을 나오고 집안이 넉넉해서 외국 유학까지 가서 박사학위를 받았으며, 모교에 돌아와 교수가 된 장동욱 교수는 일생 살아가면서 단 한 번도 어려운 일이 없었다. 고난이 무엇인지 모를 만큼 집안도 머리도, 건강도 심지어 결혼한 아내까지 모두 그의 주위에서 편안하고 즐겁고 순탄하게 잘 굴러갔다. 신기할 만큼 그의 앞길에는 걸림돌이 하나도 없었다. 태어난 자식들도 모두 효자고 공부를 잘해서 걱정이 무엇인지 전혀 알지 못할 정도였다. 평탄하게 닦아놓은 대로가 앞에 탄탄하게 펼쳐졌다.

　거기에 더하여 아버지가 돌아가시면서 거대한 유산을 그의 이름으로 남겼으니 돈도 넘쳐나서 장 교수는 세상에 부러울 것이 하나도 없었다. 거대한 유산으로 인해 호랑이 등에 날개가 달린 듯 장 교수는 가슴을 쫙 펴고 거드럭거리면서 자신감이 넘쳤다.

　이런 교수의 불알친구, 김 집사는 늘 안타까워했다.

　"세상에서 너는 너무 행복했다. 너도 그걸 인정하지? 그러나 죽어서 가는 저 세상에서도 네가 행복하기를 바란다."

"죽은 뒤에 어떻게 되는 걸 누가 아니. 난 이대로가 좋아."

"죽은 뒤에는 심판이 있단다."

"내가 이 세상에서 죄를 지은 것이 없는데 무슨 심판?"

"예수 믿지 않는 것이 가장 큰 죄다. 어서 나와 함께 교회 가서 구원을 받자구나."

"나중에 보자. 지금의 편안하고 행복한 생활이 너무 좋아서 교회 갈 시간도 마음도 없다."

그런 친구가 갑자기 당한 교통사고로 하루아침에 식물인간이 되었다. 뇌를 다쳐서 숨은 쉬고 있는데 의식이 없었다. 그의 침상 곁에 선 친구, 김 집사는 그를 위해 간절히 기도했다.

"한 번만 살려주세요. 제가 잘못했습니다. 이번에 살아나면 제가 목에 묶인 넥타이를 강제로 잡아끌어서라도 교회에 데리고 가겠습니다. 한 번만 친구의 정신이 돌아오게 해주세요."

장 교수는 얼굴을 온통 찡그리고 못 견디겠는지 손을 이따금씩 휘저으면서 살려달라는 표정을 짓는다. 아마도 지옥의 문턱에 서서 불 못으로 달궈진 안을 들여다보고 있는 모양이다. ✱

# 예배 시간마다 잠자는 장로

오문호 장로는 육순을 넘기면서 이상한 병에 걸렸다. 교회에 와서 설교가 시작되면 곤하게 잠을 잔다. 그것도 성도들이 다 보는 장로석에 떡 버티고 앉아서 살짝 조는 것이 아니라 앞으로 옆으로 뒤로 마구 몸을 흔들면서 잠을 자니 성도들이 킥킥 웃기도 하고 서로 쿡쿡 찌르면서 재미있다고 손가락질을 한다.

오 장로의 부인이 이 사실을 알고는 남편 장로를 강제로 장로석에서 내려오게 하여 맨 뒤에 앉게 했다. 그런데 그 자리가 바로 유모실 앞이라 아기를 안은 부모들이 좌불안석이다.

"오 장로님 깨신다. 조용히 해라."

"오 장로님이 우리 교회에서 제일 무서운 호랑이인 걸 너희들 알지. 조금이라도 떠들어서 주무시는 장로님 깨우면 야단난다."

오 장로로 인해서 유모실에서 난리가 났다. 실컷 잠을 자고 난 오 장로는 설교 시간에 졸았던 것이 미안하니까 장로 직분을 감당하느라고 예배가 끝난 뒤엔 괜히 유모실 아가들이랑 교인들을 들볶고 잔소리를 해서 모든 교인이 머리를 흔들었다. 심지어 예배시간에 시끄럽게 해서 설교에 지장이 있다는 지청구를 늘어놓았다.

이걸 보다 못한 목사가 강단에서 한마디 했다.

"여러분들, 설교 시간에 잠이 오면 푹 주무세요. 세상사에 얼마나 지쳤으면 제 설교를 들으면서 숙면합니까. 제 설교가 자장가처럼 부드럽고 천국에 온 것처럼 편하니까 그렇게 잠을 자는 것입니다."

그러자 성도들이 킥킥 웃으면서 오 장로를 일제히 쳐다보았다. 그러나 이를 어쩌랴. 그런 말을 하든 말든 오 장로는 가볍게 코를 골아가면서 천사 같은 얼굴로 곤히 잠을 자고 있었다. 여전히 몸을 사방으로 흔들면서 말이다.

목사는 민망한 얼굴을 감추지 못하고 한마디 한다.

"시편 127편에도 여호와께서 그가 사랑하시는 자에게는 잠을 주신다고 했습니다."

그러자 성전이 떠나가도록 성도들이 발을 구르면서 웃는다. ✱

# 제발, 천국 가지 마세요

전면 거울 앞에 서서 아무리 내 모습을 뜯어봐도 나는 진짜 못생겼다. 여자의 눈은 총명기가 어려 반짝여야 하는데 내 눈은 자고 막 깨어난 것처럼 흐리멍덩하다. 왼쪽 눈이 더 흐려 사람들이 나를 굴젓눈이라고 부르지 않는 것이 참 다행이다. 게다가 몸피가 지나칠 정도로 징그럽게 스몰 사이즈라 내가 보기에도 창피하다. 못 생겨도 몸집이라도 늘씬하면 위로가 될 터인데 자라다 말고 오그라든 옹춘마니 고추처럼 내 또래들보다 머리 하나는 작다. 게다가 손재주도 없고 눈썰미도 젬병이다.

내가 교회에 나가는 이유는 딱 하나다. 어서 죽어 천국에 가서 이 흉한 몰골에서 벗어나는 일이다. 참으로 힘든 사실은 자살하면 천국에 못 간다니 내 스스로 목숨을 끊을 수도 없는 형편이다.

내 삶에서 가장 기쁨을 느끼는 시간은 유치부 주일학교에서 가르치는 일이다. 작은 내 몸이 팔짝팔짝 뛰면서 율동도 하고 아가처럼 재미있게 이야기를 잘 한다고 유치부에서는 인기가 짱이다. 내가 맡은 학생들은 13명인데 모두 토끼들처럼 귀엽게 굴고 앵무새들처럼 내 목소리까지 흉내 내면서 나를 무척 따른다.

성경을 읽다가 기막힌 진리를 깨달은 주일 아침 꼬마들 앞에서 나는 자신 있게 외쳤다.

"꼬마 친구들! 내가 지금 천국에 가려면 어떻게 하지요?"

그러자 맨 뒤에 앉아있던 철수가 씩씩하게 번쩍 손을 들더니 벌떡 일어나서 자신 있게 대답했다.

"죽어야 가요. 선생님이 죽으면 천국에 가요."

"그런데 나는 지금 천국에 있어요."

그러자 아이들이 일제히 소리쳤다.

"선생님! 제발 죽지 마세요. 빨리 거기서 나오세요. 죽으면 우리를 보지도 못하고 가르치지도 못해요."

오늘 새벽 성경을 읽다가 천국은 내 안에 있다고 했다. 그럼 죽은 뒤에 가는 것이 아니고 지금 이 순간 내 안에 천국이 임하여 있고 하나님의 통치를 받고 있다는 뜻이다. 그럼 나는 여기서 이 순간부터 천국을 누리고 살아야 한다. 나는 그것도 모르고 나 자신을 학대하고 바보처럼 살아온 것이 아닌가! 이 깨달음이 하도 강렬해서 내가 맡은 주일학교 꼬마들에게도 이걸 가르쳐 지금 이 자리에서 천국생활을 하자고 권하리라 하는 들뜸에 내 마음은 다급했다.

"여러분! 지금 저는 천국에 있어 기쁘고 행복하고 편안해요."

　내 말에 아이들이 발을 구르다가 나중에는 엉엉 우는 아이도 있었다. 놀라움에 빠진 아이들이 목이 쉬어라 나를 향해 외쳐댔다.

　"선생님! 제발 천국에 가지 마세요."

　"죽지 마세요. 우리 할머니도 지금 죽어서 천국에 있대요. 그래서 할머니를 못 만나요."

　"선생님이 천국에 가는 거 우리는 절대 반대에요."

　"어서, 어서 빨리, 빨리 거기서 나오세요."

　나는 이러도 저러도 못하고 저들의 눈물어린 눈망울을 멍청히 바라보았다. ✯

# 어느 도둑의 눈물

닭들이 죽는다고 한밤중에 푸덕거리고 꽥꽥거린다. 사뭇 결사적이다. 덕호는 잠옷을 입은 채 뛰어 일어나 시계를 보니 새벽 1시. 이 시간은 닭들이 고이 잠잘 시간인데 이상했다. 뛰어나가 보니 계사에 불이 붙기 시작했다. 자그마치 3만 마리의 닭들이 함께 사는 이 끝에서 저 끝이 한참인 계사가 불타기 시작했다. 긴 가뭄 끝이라 손을 쓸 수조차 없었다.

잠옷을 입고 뛰어나온 가족과 일꾼들이 그저 망연자실하여 불길을 바라볼 뿐이었다. 다음 달이면 알을 낳을 닭들이다. 정성껏 돌본 자식 같은 닭들이 불에 타죽고 있다. 닭들은 죽지 않으려고 이리저리 뛰어다니고 불길이 붙은 몸을 마구 서로 비벼대고 꺽꺽거리는 모습이 몸서리쳐지게 처참했다.

불자동차가 왔을 적에는 이미 닭 집이 몽땅 타 버린 뒤였다. 일꾼들을 모두 모아 놓고 덕호는 더듬더듬 입을 열었다.

"우리는 지금 큰 손해를 봤다. 내 전 재산이 다 타버린 셈이다. 그러나 하나님은 우리에게 큰 걸 보여주셨다."

눈물을 질질 흘리면서 곁에 서 있던 그의 아내가 말한다.

"맞아요. 무시무시한 지옥을 보았어요."

"맞다. 우리가 지옥에 간다면 저렇게 닭들처럼 꽥꽥거리고 타죽지 않으려고 몸부림치는 처절한 상황이 될 것이다."

그러자 모두 눈물을 흘리며 회개 기도를 하는데 맨 뒤에서 꺽꺽 돼지 멱따듯 우는 한 사내가 있었다. 모두 놀라서 뒤를 본다. 처음 보는 낯선 사람이다. 계사의 식구도 일꾼도 아니다.

그는 모두를 향해 외쳤다.

"제가 불을 질렀습니다. 불타는 동안 안방에 들어가 돈을 훔치려고요. 저는 저 불 속에서 영원히 타죽을 사람입니다. 지금 회개합니다. 저런 불지옥에 가지 않게 해 주세요. 엉엉……." ✏

# 이생의 자랑

　오늘은 공휴일, 교회에서 두 시간 이상을 달려야 하는 장로댁에서 구역예배를 드리게 되었다. 모두 마음을 단단히 먹고 준비를 했다. 심지어 어떤 이는 운동화까지 신고 나왔고 멀미약을 먹고 온 집사도 있었다. 고속도로에서 벗어난 후에도 무척 깊숙이 들어간 지역에 살고 있는 장로댁이라 그 집에서 구역예배를 드린 적이 없었다. 무성교회 장로가 되신 지 5년이 지났건만 단 한 번도 성도들이 장로댁에 간 적이 없어 흥분할 수밖에! 해서 목사까지 긴장하고 호기심에 들뜬 분위기였다. 언제나 묵묵히 교회 일을 하는 고로 몇몇 성도들은 장로댁에 말 못 할 비밀이 있을 것이라고 비아냥거리기도 했다. 아무튼 신비한 분위기를 지닌 장로이다.

　교회 밴이 지루하게 고속도로를 달리는 동안 조 집사의 입이 가만히 있지를 못하고 늘 하던 아들자랑을 늘어놓기 시작했다.

　"제 아들이 이번 학기에 장학금을 받은 것을 여러분 아시지요. 재작년에 고등학교를 일등으로 졸업한 제 천재아들 있잖아요."

"알고말고. 우리 교회의 자랑감이지요."

구역장이 맞장구를 치자 신바람이 난 조 집사는 흥이 올라서 계속 말이 많다.

"이번이 벌써 세 번째 장학금이라고 제가 말했지요. 우리 부부는 너무 감격해서 요번에 아들에게 승용차를 사주었습니다. 고 나이에 타기에는 좀 비싼 것이지만 이런 자랑스러운 아들이 기뻐하는 얼굴을 보고 우리 부부는 하나님께 얼마나 감사했는지 몰라요. 또 감사할 일은 그 장학금 전액을 가난한 친구에게 주었답니다."

그러자 모두 우우 소리를 내면서 그런 아들을 둔 집사를 부러워하는 소리로 차 안은 술렁거렸다. 어떤 집사는 박수까지 쳐주면서 그런 아들을 둔 조 집사를 칭송까지 했다.

산모퉁이를 돌아서니 선인장이 여기저기 황량하게 자라고 있는 사막이 나왔다. 이런 곳에서 어떻게 사람이 살고 있을까. 모두 머리를 갸우뚱거렸다. 사막 길을 얼마나 달렸을까. 할머니 치마폭처럼 널찍하게 펼쳐진 산자락을 끼고 돌아서니 조그마한 동네가 나왔다. 장로가 산비탈에 서서 손을 흔든다. 모두 차창 밖으로 얼굴을 내밀고 손을 흔들었다. 빨간 지붕에 하얀 벽을 가진 아담한 집 앞에 교회 밴은 멎었다. 권사도 대문을 활짝 열면서 반갑게 구역 식구들을 맞았다. 캘리포니아 날씨에서 가장 잘 자라는 유두화가 산비탈에 울타리를 두르듯 에워싸고 있어서 모두의 눈은 오월의 공주처럼 치장한 유두화로 쏠렸다. 하얗고 새빨갛고 또 진홍색의 꽃들이 흐드러지게 피어있다. 듬성듬성 섞여 있는 분홍색 유두화의 은은함이 마치 화사한 비단을 펼쳐놓은 듯했다. 대문을 들어서면서 현관 앞 햇살이 따사한 곳에 세워진 휠체어에 모두의 눈이 멎었다. 너 나 없이 긴장해서 숨이 멎는 듯했다. 조 집사 아들 또래의 청년이 몸을 비틀어가면서 인사를 하고 있었기 때문이다. 심한 뇌성마비였다. 이런 정도의 뇌성마비로 이 나이까지 살아있다는 것이 기적일 정도로 청년의 몸은 엿가락처럼 휘어져서 흔들거렸다. 목과 손이 각각 덜렁덜렁 돌아가면서 비뚤어진 입으로 인사를 했다. 입가로 침이 게게 흘러내린다.

목사의 눈에 눈물이 고인다. 사모의 눈에도 눈물이 고이더니 돌아서서 눈물을 닦는다. 구역 식구들의 눈에도 피잉 눈물이 서린다. 단지 두 사람 장로와 권사 부부만이 잔잔하게 웃으면서 휠체어를 밀고 안으로 들어간다.

"자자! 우리 집안의 보물덩어리, 요셉을 소개합니다."

이런 자리에서 어떻게 해야 할지 몰라서 모두 눈치를 보면서 그저 목사와 사모 얼굴을 흘끔거렸다. 그러자 요셉에 우우 이상한 괴성을 토해냈다. 그 말을 받아서 장로가 통역했다.

"주님을 찬양합니다. 할렐루야! 외치는 것입니다."

어색한 분위기를 깨고 모두가 힘차게 '할렐루야'로 화

답했다.

"이 아들로 인해 제가 하나님을 만났으니 얼마나 감사합니까! 전 이 아들에게 늘 감사합니다. 이런 놀라운 천국의 평안을 장애인 아들이 아니었다면 어떻게 얻을 수 있었겠습니까.

게다가 저는 돈벌이와 세상의 정욕에 빠져서 허우적이다가 간암에 걸렸는데 이곳에 들어와 살면서 치유되었으니 얼마나 감사합니까. 저 뒤뜰에 자라는 채소들을 보세요. 이것을 길러가면서 우리는 하나님의 나라가 여기와 같을 것이라 상상해보면서 날마다 감사하는 생활을 합니다. 장차 갈 천국에서도 우리 가족들이 이렇게 살기를 바라면서 말입니다."

모두의 입에서 아멘이 터져 나왔다. 구역예배를 드리기도 전에 모두 은혜를 받아서 손수건으로 눈가를 닦으면서 훌쩍거리는 소리가 방안을 채웠다. 은혜가 충만한 방안의 분위기를 깨고 조 집사의 핸드폰이 방정맞게 울어댄다. 조 집사도 수건으로 눈물을 닦고 있다가 핸드폰을 꺼내들고 밖으로 나갔다. 갑자기 천장이 날아갈 듯한 외마디 소리가 온 집안을 쥐고 흔들었다. 모두의 눈이 휘둥그레졌다. 사모가 제일 먼저 뛰어나갔다.

"무슨 일인데 그래요. 조 집사! 왜 이래요."

조 집사는 거실 바닥에 벌렁 나자빠져서 목이 비틀린 닭처럼 몸을 발발 떨더니 숨이 넘어갈 듯 헐떡인다. 구역 식구들이 모두 뛰어나왔다. 사모가 조 집사의 상반신을 일으키고 기도를 하자 모두 큰 소리로 마음을 모아 기도를 드리면서 왜 조 집사가 이러는지 몰라서 모두 실눈을 뜨고 상황을 지켜보느라 안달이다.

"조 집사님! 정신 차리세요. 무슨 일로이래요."

목사가 조용한 음성으로 다그치자 조 집사는 발악하듯 손을 허공에 대고 흔들면서 고함친다.

"하나님도 너무 하셔. 제가 무엇을 잘못했다고 이런 고통을 주시는 것입니까. 제 아들이 글쎄 차를 몰고 가다가 중앙선을 침범해서 트럭과 부딪쳐 죽었대요. 엉엉……하나님도 너무 하셔."

그러자 구역 식구들이 모두 혀를 차면서 소곤거렸다.

"쯧쯧…… 이생의 자랑이 모두 물거품이라니까." ⚡

# 수박밭에 내린 축복


날이 찌뿌드드하게 늘 흐려있는 탓인지 감기 환자들이 많았다. 주일에 교회에 나오지 않은 사람들은 거개가 감기로 앓고 있는 형편이었다.

한 달 전에 해산한 산모가 감기로 입원했다는 소식을 접한 김 목사는 새벽기도회가 끝나는 즉시 병원으로 향했다. 카폰이 울린다. 이번에는 노인 아파트 권사가 넘어지셨단다. 앰뷸런스에 실려 가고 있으니 어서 가보시라는 구역장의 전갈이었다.

이러다가는 조반을 들 시간도 없을 지경이다. 오전 중에 세 곳을 심방한 목사는 파김치가 되어 교회에 들어서는 순간 5교구 담당 전도사가 울상이다.

"이번에는 또 무슨 일이 터졌소?"

"구 집사님이 아침부터 전화를 다섯 번이나 했어요. 수박밭……."

"수박이 병들었다는 건가? 설마 수박은 병원에 입원하지 않을 터인데 왜 그러지?"

"작년에 이민 오신 분이라 아직도 한국식인가 봐요."

"한국식이라니 무슨 말이요?"

"목사님이 제일 먼저 수박을 따서 잡수시면서 감사예배를 드린 뒤에 수확하겠다는군요. 그러지 말고 어서 출하하라고 권했지만……."

아차! 싶었다. 목사가 수확하기 전에 수박밭에 오셔서 축복기도를 해주시고 제일 먼저 시식을 하신 뒤에야 수박을 출하할 수가 있다고 벌써 한 달 전부터 연락이 왔는데 다른 일들이 많아서 미루다가 깜박 잊어버린 것이다.

"아니 수박을 한 달이나 따지 않았으면 이거 어떻게 된 거 아니야. 얼마나 많이 열린 수박인가? 몇 통쯤 심어놓고 이러는 거 아닌가. 그냥 따서 잡숫고 동네 사람들에게 몇 개 팔 것이지 쯧쯧……."

김 목사는 이거 수박밭까지 축복하고 다니다가는 나중에 돼지새끼를 낳아도 불려가는 것이 아닌가 하는 생각을 하면서 슬그머니 치미는 화를 속으로 삭였다.

수박밭은 교회에서 멀리 떨어진 곳에 있었다. 이 끝에서 저 끝이 멀 정도로 수박밭은 광활해서 한 눈에 다 들어오지 않았다. 밭을 보는 순간 김 목사는 가슴이 철렁 내려앉았다. 저렇게 큰 수박밭이라면 몇 천 통도 넘게 열렸을 터인데 이거 큰일 났구나. 수박 잎이 삐들삐들 마른 것을 보니 수박인들 온전할까 하는 걱정에 미치자 핸들을 잡은 손에서 힘이 쭉 빠져나갔다.

'바보 같은 집사님! 설마 여직 날 기다리고 있을까. 수박을 거의 다 팔아버리고 미안하니까 이러는 것일지도 몰

라.'

그러나 밭에 발을 내딛는 순간 아차! 했다. 수박들이 그
대로 밭에 널려 있지 아니한가! 목사를 향해 달려오는 구
집사는 구부정한 허리, 하얀 머리에 검정 운동화 차림이
다. 다리를 절어가면서 달리는 모습이 걸음마를 시작한
아가처럼 위태롭다.

"목사님! 이 누추한 곳까지 왕림해 주셔서 송구스럽습
니다."

허리가 휘도록 머리 숙여 인사하는 집사의 거무튀튀한
목덜미가 햇볕에 너무 타서 거스러미가 희끗희끗 애처로
웠다.

"아니 이 많은 수박을 한 달이나 저 때문에 수확을 미뤘
단 말이요. 세상에! 이거 다 썩어버리게 된 것 아니요!"

"썩은 놈은 썩고 성한 놈은 성하지요. 목사님을 기다리
는 동안 성한 수박들이 축복을 받았다고요."

"성한 수박들이 축복을 받았다니요?"

목사와 사모는 이해할 수 없다는 표정을 지으면서 머리
를 갸우뚱거렸다. 기쁨을 감추지 못하는 구 집사는 목사
의 손을 이끌고 수박밭 한가운데로 들어가서 제일 큰 것
앞에 섰다.

"요놈이 이 밭에서 제일 탐스럽게 익어서 목사님을 기
다리고 있습니다요. 어서 따세요. 꽃이 필 때부터 눈에 확
들어와서 이건 목사님의 수박이라고 정해놓고 매일 오가

며 기도를 했지요."

김 목사는 너무 미안하고 송구스러워 쩔쩔 매가면서 구 집사가 가리키는 수박을 땄다. 어찌나 큰지 두 팔로 안아야 했다. 밭 가장자리에 돗자리를 깔고 수박을 한가운데 놓고 예배를 드리기 시작했다. 목사의 마음은 너무 아팠다. 이거 진작 올걸. 노인이 텃밭에 농사를 조금 지어놓고 부르는 줄 알았지 이렇게 손해를 보도록 심방에 느릿장을 부릴 마음은 없었는데 이를 어쩔거나.

이런 목사의 마음은 아랑곳없이 구 집사 내외는 몸을 흔들어 가면서 찬송을 부르더니 목사의 기도에 하늘이 흔들릴 정도로 아멘 화답을 해서 목사와 사모가 깜짝깜짝 놀랄 지경이었다.

더 놀랄 일은 수박에 칼날이 닿는 순간 여러 조각으로 탁 갈라져 모두 환성을 내질렀다. 설탕을 뿌려놓은 듯 농익은 수박은 보기에도 침이 꼴깍 넘어갔다.

"제가 한 달이나 늦게 왔으니 손해를 많이 보셨지요?"

"하나님은 목사님을 뒤에서 꽉 잡고 시간을 늦추면서까지 축복을 해주셨습니다."

목사와 사모는 미안해서 더 이상 말을 잇지 못하고 머리만 조아릴 뿐이었다. 그런데도 구 집사 내외는 무엇이 그리 좋은지 연신 싱글벙글 너무나 행복해서 웃음이 헤펐다.

"내년에는 수박이 익기도 전에 일찌거니 와서 감사예배

를 드리겠습니다. 이거 이렇게 기다리실 줄 모르고 너무
미안합니다."

사모도 머리를 조아리며 미안함을 감추지 못했다.

"아이쿠! 사모님! 그게 무슨 말씀입니까. 하나님의 손
에 붙들려 심부름하시는 목사님은 축복의 통로이고 전달
자이시지요."

목사는 슬그머니 눈을 돌려 수박밭을 보았다. 너무 익
어서 누렇게 들뜬 것들은 다 버려야 할 터인데도 이들은
축복, 축복하니 너무나 착하고 믿음이 돈독한 구 집사여!
그에 비해 나는 사랑이 부족하고 게으른 목사가 아닌가.
자책감으로 수박까지 맛이 없고 씁쓸했다.

"만약 목사님이 한 달 전에 오셨으면 한꺼번에 쏟아져
나온 수박이 세일 판에 들어가서 똥값이었지요. 우리 것
은 품귀현상을 빚을 적에 출하하게 되었으니 반 이상 썩
어버려도 몇 배나 더 축복을 받게 되었습니다. 모두 줄을
서서 기다리고 있어요."

그제야 목사와 사모의 얼굴이 살아났다. 수박도 입안에
서 솜사탕처럼 녹았다.

"햇볕에 농익어 맛이 있을 거라고 서로 값을 더 얹어주
겠다고 야단들이에요. 지금 우리 수박이 금값이지요."

"으하하하…… 으하하하……."

수박밭에서 울려 퍼지는 웃음소리가 하늘과 땅을 흔들
었다. ✻

# 우리의 만남

오늘은 꼭 오겠지 하고 기다려도 그는 오질 않았다. 내가 기다리고 있는 사람은 사춘기의 나이로 이름도 모르는 고등학생이다. 하루도 거르지 않고 내가 산나물을 팔러 나오는 날이면 종류를 가리지 않고 보자기 위에 펴놓은 걸 사간다. 정확히 저녁 6시면 틀림없이 와서 꼭 2천 원어치를 달란다. 아마도 나물을 무척 좋아하는 모양이다.

학생의 외모로 보아 영양상태가 좋지 않고 삐쩍 말라 다이어트 하느라고 사가는 건 아니다. 어제는 비가 와서 안 왔을 터이고 오늘은 올 것이라고 기다렸는데 모습을 드러내지 않았다.

"학생! 어머니가 나물을 무척 좋아하시나 보지?"

어쩌다 내가 물으면 그냥 씨익 웃기만 한다. 아무리 생각해도 이 나이의 남학생이 나물을 매일 사서 씻고 삶아 무치기는 벅찬 일인데 아마도 병든 어머니 때문일까.

나는 남편과 자식을 한 순간에 잃고 10년을 누워서 식물인간처럼 산 여자이다. 아들이 살았다면 꼭 이 학생의 나이가 되었을 터이다. 나 역시 남편과 아들이 죽는 그 엄청난 사고에서 다리를 다쳐 몸이 자유롭지 못한 장애인이 되었다. 10년간 죽기를 각오하고 누워 지냈다. 오랜 세월 격리된 환경 탓에 뇌기능이 하향화되어 거의 파충류적 의식 속에서 허우적거렸다. 이래서는 안 된다는 이웃들의 권유에 뭉그적거리면서 일어나 남은 재산을 정리하여 전철이 닿는 산 밑에 작은 터가 달린 집을 사고 동네 할머니들을 따라 산나물을 캐다가 가까운 도심지로 나와 팔면서 살고 있다. 하루 만 원도 좋고 몇 천 원도 좋았다. 그저 멍하니 과거의 줄만 붙들고 울면서 누워있는 것보다는 이렇게 사람들 살아가는 소리를 듣고 변하는 계절을 도시사람들의 옷차림을 보면서 숨통을 트고 있었다. 아픔을 잊기 위해 동네 할머니들을 따라서 어둑새벽에 산에 가서 나물을 뜯어다가 늦은 오후 캐온 산나물을 들고나가면 하루의 무료한 시간이 흘러간다. 나는 이렇게 과거의 상흔을 상쇄할 요량으로 포유류의 뇌를 지니고 살고 있었다.

그런데 언제부턴가 이성의 빛이 내 뇌에 스며들기 시작했다. 바로 그 남학생 때문이다. 매일 저녁 나물을 사가는 그 남학생을 보려고 나는 이 자리에 나와 앉아 있다. 검은 비닐봉지에 담긴 나물을 받으면서 넋을 놓고 내 얼굴을 그윽하게 응시하는 그의 눈길이 애틋하고 다정했다. 그런 학생이 열흘째 보이질 않는다. 나물을 좋아하는 어머니가 돌아가신 것일까. 그 학생이 사라지는 골목에 여러 번 눈길을 던진 적이 있어 참지 못한 나는 조촘조촘 그를 찾아

나섰다. 학생의 이름도 주소도 모르고 말이다. 변두리 도심지 뒷골목은 그야말로 달동네였다. 닥지닥지 지어진 집들이 옛날 전쟁시절 화면으로 보았던 하꼬방 스타일이었다. 오월이 가고 있는 저녁은 해가 지자 어깨 밑으로 파고드는 바람이 오스스했다. 어둑한 그늘의 분위기 탓이리라. 뒷골목 끝자락을 돌아서니 그 학생이 넋을 놓고 땅바닥에 주저앉아 있었다. 나는 절름거리면서 그 학생에게 다가갔다. 고열로 얼굴이 벌겋고 숨을 가쁘게 쉬면서 헐떡거렸다. 나는 다급하게 학생의 이마에 손을 얹으면서 물었다.

"학생, 어디가 아파?"

그는 고열로 붉어진 눈을 들어 내 얼굴을 보더니 내 가슴으로 푹 쓰러졌다. 얼결에 학생을 가슴에 안고 문을 열어놓은 그의 쪽방을 보았다. 거지소굴이었다.

무조건 119를 불러 그 학생을 태우고 따라갔다. 반 혼수상태에 빠진 학생은 이따금 중얼거렸다.

"엄마! 엄마!"

의사가 다급하게 보호자를 찾았다. 나는 엉거주춤 그의 앞에 섰다.

"왜 이렇게 늦게 왔어요. 시간을 다툽니다. 빨리 수술해야 살 수 있어요."

나는 의사가 병명을 장황하게 늘어놓으면서 설명해주었으나 하나도 귀에 들어오지 않았다. 무조건 살릴 생각에 수술동의서에 서명을 하고 4시간이나 걸리는 수술을 기다렸다. 다음날 회복실에서 눈을 뜬 학생은 나를 보더니 놀라면서 더듬거렸다.

"저, 저 돈 없어요. 전 가족이 아무도 없어요. 전 죽을 거예요."

"그 돈 내가 다 내줄 게. 나 돈 있어."

보름 뒤에 퇴원한 학생을 데리고 산 밑의 내 집으로 와서 죽을 끓여 먹이고 돌보기 시작했다.

시장 끝자락에서 나처럼 나물장사를 하던 홀어머니가 병들어 죽고 그는 혼자 살고 있는 형편이라고 했다.

"내가 엄마가 되어줄게. 우리 함께 살자."

나를 향해 누운 그의 눈가에 눈물이 지척지척 흘러내렸다. 나는 아들과 남편이 저 세상으로 간 뒤 처음으로 살맛이 나고 신바람이 났다. 사랑이 샘물처럼 솟아오르고 어깨춤이라도 출 듯 날개가 양어깨 밑에서 푸드득 거리는 듯했다. 오랜만에 걸친 행주치마에 젖은 손을 비비면서 나는 살아 돌아온 아들에게 먹일 음식을 준비하느라고 부산하게 나댔다. ✻

# 아들의 유언

아홉 살 난 아들의 임종이 가까웠으니 이제 준비를 하라는 의사의 말에 박 사장은 체면도 버리고 어이어이 목을 놓아 울었다. 아직 의식이 있는 아들을 피해서 병실을 뛰어나와 복도에 털썩 주저앉아서 말이다. 유난히 눈동자가 맑은 아이였다. 마음도 올곧고 타인을 배려하는 마음 씀씀이가 듬직했던 아들이었다. 하나뿐인 아들을 놓고 얼마나 많은 꿈을 꾸었던가! 자신처럼 가난으로 인한 고생을 시키지 않기 위해서 밤낮을 가리지 않고 부부가 통닭튀김집을 운영하며 이제 그 맛이 전국에 알려져서 큰 도시마다 분점을 차릴 정도로 돈도 많이 벌었는데 아들이 가려고 한다. 이 많은 유산을 이어받을 아들이 영원히 그들 곁을 떠나려 한다.

이럴 줄 알았으면 돈 버는 일에 그렇게 악착스럽게 주력하지 말고 아들과 함께 산과 들로 다니면서 시간을 보낼 걸 하는 후회로 가슴을 쳤다. 아내는 슬픔을 이기지 못하고 쓰러져서 아들과 나란히 링거주사를 꽂고 누워 있다.

이제 무엇을 위해 일해야 한단 말인가? 누구를 위해 이 사업을 운영해야 한단 말인가? 돈도 싫고 재산도 싫고 모든 것이 허망했다. 그때 간호사가 달려 나와서 보호자를 찾았다.

"아드님이 엄마, 아빠를 찾아요."

박 사장은 눈물로 젖은 얼굴을 소맷부리로 쓱쓱 닦으면서 아들 방으로 달려갔다. 핏기가 가신 아들의 입술이 고열로 타들어 가서 거스러미가 일어나 해쓱하고 까칠해 보였다. 아버지를 보더니 기운이 없지만 밝은 미소를 보인다.

"아버지! 저 먼저 가서 기다릴게요."

"이 녀석아 어딜 간다고 그래. 어딜 가서 나를 기다려. 여기 내 옆에 있어야 한다. 절대로 넌 혼자 갈 수 없다. 네가 갈 곳이 어디란 말이냐. 이 아비 옆이 네가 있을 곳이다."

"아버지 제 마지막 소원이에요. 제가 나가는 교회 아시지요. 우리집 맞은편에 있는 교회 말이에요."

아들의 말에 박 사장은 주춤한다. 교회에 나간다고 아들을 여러 번 혼내 준 적이 있기 때문이다. 일 년에 여섯 번도 더 되게 드리는 제사를 이어받을 외동아들이 교회라니 말이 되질 않았다. 그러나 죽음을 앞둔 아들의 부탁이니 어쩔 수 없이 교회에 연락하여 목사가 오고 주일학교 교사들이 와서 눈물의 임종 예배를 드렸다. 즐거운 얼굴로 찬송을 부르고 난 아들이 아버지의 손을 잡고 부탁했다.

"엄마, 아빠도 제가 있는 곳에 오시려면 교회에 다니셔
야 해요. 저는 천국에 가 있으니 꼭 그곳으로 오셔야 해
요. 거기서 우리 만나요."

그 말을 하면서 아들은 숨을 놓았다.

아들을 땅에 묻고 박 사장 내외는 장차 아들이 있는 곳
으로 가기 위해 맞은편 교회를 찾아갔다. 눈에 넣어도 아
프지 않을 하나뿐인 아들의 유언을 어찌 지키지 아니하겠
는가. ✣

# 옷이 날개

미희는 어제 뉴욕에서 대전에 도착했다. 실로 10년 만
의 귀국이다. 미국에서도 잘 알려진 유명한 대학에서 박
사학위를 받은 뒤 교수로 취직하여 다음 달부터 출근할
예정이다.

아직 시차에 적응하지 못해서 이곳 낮 시간이 미국의
한밤중이라 눈이 실실 감겼다. 그러나 단짝이었던 옥경이
대기업의 장남에게 시집가서 회사의 사장자리에 앉아 있
으면서 오전 10시에 당장 만나자고 서두르는 통에 친구
의 회사 비서실로 달려갔다.

"오늘 사장님과 약속이 있어서 왔습니다."

그러자 긴 머리에 화장이 요란한 비서아가씨는 낡은 운
동화에 무릎이 닳아서 살갗이 삐져나오는 청바지를 입고
유행이 지난 등산모를 뒤집어쓴 미희의 위아래를 훑어보
고는 턱으로 의자에 앉아 기다리라고 지시를 한다. 시간
을 칼날처럼 지키는 사람으로 알려진 미희는 약속 시각
20분 전에 도착하여 연신 비서의 눈치를 본다. 사장인 친
구, 옥경을 만나자면 비서아가씨의 허락을 받아야하기 때
문이다. 그녀는 연신 복도로 나가 승강기를 체크 사방을

기웃거렸다. 그리고 거지차림의 여자가 들도록 큰 목소리로 말한다.

"미국 박사님이 오신다니 얼마나 멋진 옷을 입고 올까?"

안에서 사장의 호출이 있을 적마다 비서아가씨는 제비처럼 날렵하게 들어가서 무어라고 고하고 연신 벽시계를 올려다본다. 벌써 다섯 번이나 비서아가씨는 호출을 받으면서 사장실을 들락거린다. 무척 바쁜 사건이 터진 모양이다. 약속 시간에서 벌써 한 시간이 지나 11시가 되어간다. 미희는 느긋하게 탁자 위에 놓인 신문을 보면서 기다린다. 10시에 자가용으로 계룡산 입구까지 가서 주차장에 차를 세워놓고 고등학교 시절 재잘거리면서 올라갔던 은선폭포를 거쳐 동학사에 가자고 해서 등산복 차림을 하고 왔는데 친구는 무척 바쁜 모양이다. 은선폭포로 올라가는 길은 제복의 여학생시절 추억이 잔뜩 서린 곳이다. 하필이면 가장 가파른 바위투성이의 중턱에서 넘어진 옥경을 미희가 업고 내려오다가 맑은 시냇물 가에 주저앉아서 둘이는 너무 힘이 들어 붙들고 통곡했던 곳이기도 하다.

벌써 11시이니 등산을 하고 난 뒤 점심을 먹을 시간이 너무 늦을 것이란 생각에 미쳤지만, 비서아가씨가 딱 지키고 앉아 있으니 높으신 사장인 친구, 옥경을 만날 재간이 없었다.

그러자 통통거리면서 안에 틀어박혀 있던 사장이 나온

다.

"이 친구 미국 가더니 버렸군. 박사학위를 받았다더니 거만해진 거야. 한 시간이 지나도 나타나지 않으니 아주 못돼 먹었어. 지금 나타난다 해도 등산을 하고 점심을 먹고 유성온천에서 목욕하자면 시간이 부족하군."

친구의 목소리에 미희가 신문을 내려놓는다. 순간 두 사람의 눈이 마주쳤다.

"어머! 너 거기 앉아 있었니?" ✗

# 아니면 그만이지

　개척하여 10년이 되니 이제 겨우 백 명의 교인이 모여들었다. 부목사로 지낼 적에는 그렇게 한 사람의 교인이 귀한 존재인 줄 몰랐는데 개척을 하고 보니 한 사람의 성도가 다이아몬드처럼 귀한 보물이란 점을 김 목사는 새록새록 깨닫고 있었다.

　그런데 요즘 이 교회가 생긴 이래 처음으로 큰 시험거리가 생겼다. 두 달 전에 근처에 있는 조그마한 음식점을 경영하는 여자가 등록한 다음부터 사건이 자꾸 터진다. 다른 도시에서 음식점을 경영하며 그곳의 큰 교회에 다니면서 집사직을 받았다니 새로 들어온 교인이지만 그의 성을 따서 오 집사라고 불러주었다. 오 집사가 교회에 들어온 뒤부터 교회는 늘 조용한 날이 없었다. 미꾸라지 한 마리가 웅덩이를 다 흐려 놓는다는데 그런 형편이었다. 어제만 해도 이런 소동이 났었다.

　"우리 목사님이 어제 저녁 술집 여자와 모텔에서 나오는 걸 아무개가 봤다고 하더라."

　너무나 엉뚱한 말이었으나 이걸 듣는 교인들은 처음에는 그럴 리가 없다고 펄쩍 뛰다가도 자꾸 그렇다고 오 집

사가 우겨대니까 그런가 하고 귀가 솔깃해서 김 목사를
의심스러운 눈으로 보는 터였다. 간신히 그렇지 않다고
사건을 가라앉혀 놓았더니 또 이런 소문을 내고 다녔다.

"사모님이 부동산투기를 얼마나 잘하는지 강남과 서울
한복판에 건물도 있고 집도 있는 부자라더라."

처음에는 웃고 그만두었는데 그게 아니고 자꾸 실제같
이 그 돈으로 미국에 집을 사려고 하고 있다고 하니 기가
찼다. 어쩔 수 없이 목사가 그렇지 않다는 것을 연구하여
보여 주니까 오 집사는 씩 웃으면서 이렇게 대꾸했다.

"아니면 그만이지요."

너무 화가 났으나 김 목사는 한 영혼이 천하보다 귀하
다는 마음에 꾹 참느라고 가슴에서 열불이 났다. 그러면
서도 속으로 이렇게 중얼거렸다.

"아이코! 하나님, 오 집사를 다른 도시로 이사 가게 해
주세요. 지금 하는 사업이 망하라고 기도해야 되나요." ✣

# 세상에서 제일 행복한 사람

김 회장의 외동아들 덕호는 어려서는 꽤 총명하고 귀여웠다. 그러나 고등학교 시절부터 뚱보가 되어가더니 이제는 턱과 목이 딱 붙을 정도로 완전히 통나무가 되어버렸다. 허리도 다리통도 너무 살이 붙어서 자신의 몸을 어떻게 할지 몰라 쩔쩔맬 정도였다. 대학에도 다니지 못할 지경으로 살이 쪄서 늘 누워만 있으니 아들의 살을 어떻게 빼야 할지 부모는 정말 고통스러웠다. 게다가 덕호는 우울증까지 겹쳐서 이렇게 놔두었다가는 몇 년 살지 못하고 곧 죽을 것이란 예감을 떨쳐버릴 수 없을 정도였다. 주치의와 진지하게 의논을 하고 얻은 결론은 아주 간단했다.

"이 세상에서 제일 행복한 사람을 만나서 매일 교제하는 방법밖에 없습니다."

"의사 선생님이 소개해 주세요. 그런 사람을 저희들이 어떻게 찾습니까?"

"그건 본인이 직접 찾아보든지 아니면 가족이 찾아야지요."

그날부터 가족들은 물론 친지들과 측근들이 모두 동원되어서 세상에서 제일 행복한 사람을 찾아 나섰다. 너무나 놀라운 사실은 단 한 사람도 자신이 세상에서 제일 행복하다고 고백하는 사람을 만날 수가 없었다. 덕호는 매일 우울증과 비만으로 죽어가고 있는데 모두가 발버둥 쳐도 의사가 말하는 세상에서 가장 행복한 사람이 단 한 사람도 없었다.

너무 가슴이 답답하고 걱정으로 잠을 이룰 수가 없었던 덕호의 어머니가 혼자서 무작정 가파른 산을 타기 시작했다. 가을이라 낙엽이 비 오듯 쏟아지는 산의 중턱까지 나무뿌리를 더위잡고 기어 올라가니 산막을 지어 놓고 외롭게 사는 할아버지 한 분을 만났다.

"어머! 이 깊은 산속에서 어떻게 이렇게 혼자 사세요? 전기도 없고 먹을 것도 없는 외진 산속에서 얼마나 힘드세요?"

"저 아래 세상에서 사는 것보다 여기서 사는 것이 얼마나 행복한지 몰라요."

"그럼 할아버지는 지금 이런 생활이 행복하세요?"

"그럼요. 전 이 세상에서 제일 행복한 사람입니다."

그의 말에 덕호 어머니는 정신이 번쩍 들었다. 드디어 세상에서 제일 행복한 사람을 만났으니 말이다. 집으로 곤두박질해서 돌아온 덕호 어머니는 아들을 데리고 다음날 새벽 산 중턱까지 오는데 정오가 훨씬 넘어섰다. 뚱뚱한 아들은 너무 힘이 들어 헉헉거리면서 산 바위에 주저앉기를 수십 번. 어찌나 땀을 흘렸는지 전신이 양동이 물을 흠뻑 뒤집어쓴 듯했다. 그렇게 매일 덕호는 이 세상에서 제일 행복한 할아버지를 만나러 산을 타기 시작했다. 가을이 깊어 가도 눈이 와도 이 세상에서 제일 행복한 사람을 매일 만나야 죽지 않고 산다니 덕호랑 어머니는 매일 하루도 빠지지 않고 산에 올라와 할아버지를 만났다.

해를 넘기고 봄이 와서 사방에 싹이 트기 시작했다. 1백50일이 넘도록 올라온 산이라 이제 덕호는 중간에 몇 번씩 쉬지 않아도 산을 훌쩍훌쩍 가볍게 타기 시작했다. 아름다운 자연 속에서 만물이 살아 움직일 적에 덕호는 날씬한 청년이 되어 있었다. 살도 빠지고 산속에 홀로 살고 있는 할아버지를 닮아 가면서 세상에서 제일 행복한 사람의 서열에 끼어들고 있었다. ⚡

# 개털벙거지 쓸 장로

대형 교회에서 30년을 섬기던 오 장로가 돌아가셨다. 자녀와 친척들은 물론 원근각처에서 많은 조문객들이 모여들었다. 부자였던 오 장로는 아는 사람들이 꽤 많았다. 이웃 교회 장로들도 많이 와서 장로들이 모여 있는 맨 앞줄이 꽉 찰 정도로 빼곡하게 앉았다. 떠난 분을 추모하는 말을 눈물을 글썽거려 가면서 목이 메어 외치던 동료 장로가 강단에서 내려와 장로들 틈에 끼어 앉았다. 그 장로의 궁둥이가 의자에 닿자마자 바로 옆에 앉아있던 장로에게 속닥였다.

"오 장로 잘 죽었어. 우리 목사님이 이제 살게 되었어."

그러자 옆에 앉은 장로가 언성을 높인다.

"아니 그런 분이 왜 강단에서는 돌아가신 분을 그렇게 높게 추켜세우고 추모해요?"

"그야 마지막 가는 사람에게 예의를 갖추는 것이지."

"그래도 그렇게 겉치레 말을 마지막 가는 분에게 하는 것은 좀 그러네요."

그러자 추모사를 했던 장로가 모두가 다 들을 수 있게 언성을 높이며 역정을 냈다.

"그럼 천국에서 금 면류관 대신 개털벙거지를 받아쓰고 있을 장로를 장례식에서라도 위로해 주어야지 어떻게 해."

개털벙거지라는 말의 여운이 주는 파장이 커서 장례식장은 아주 괴괴한 기운이 감돌았다. 그러자 성도들 모두가 서로서로 목소리를 낮추고 수군거리기 시작했다.

"그 장로 잘 죽었어. 이 교회를 위해서는 잘된 일이야. 성깔 사납고 말이 거칠어 교인들이 모두 상처를 받았어. 게다가 돈을 아끼는 노랑이 장로라 성도나 교회에 덕이 되지 않았지."

모두 그렇다고 머리를 주억거리는 동안 목사님의 장례식 설교는 음울하게 진행되고 있었다. ✸

# 꼬인 인생

민 집사는 오늘도 포기하지 않고 전도대상인 이웃집 말숙 엄마를 찾아갔다. 솔직히 고백하자면 말숙 엄마는 세상에서 손꼽을 정도의 추물에 속한다. 살짝 얼굴이 얽었고 눈은 떴는지 감았는지 모를 정도로 흔적만 있는 단춧구멍 눈이다. 입은 어찌나 얼굴의 면적에 비해 큰지 아무리 잘 보려고 해도 하나님의 실패작이라고 고백할 수밖에 없을 지경이다.

정오가 가까워 오건만 아침 설거짓거리가 그냥 싱크대에 쌓여서 현관문을 열고 들어서니 묵은 김치 냄새와 퀴퀴한 화장실 냄새로 눈이 매웠다. 집 안은 발 디딜 틈 없이 널린 장난감과 더러운 옷들로 헝클어져 있었다. 민 집사의 마음은 창문을 활짝 열어 환기를 시키고 싶었으나 그냥 참고 상냥하게 웃으면서 들어갔다.

하루 종일 켜놓은 텔레비전에서는 이름이 잘 알려진 예쁜 여배우가 나와 한참 신나게 연기를 하고 있었다. 민 집사의 인사도 받지 않고 눈을 화면에 꽂은 채 말숙 엄마가 빈정댄다.

"어머머! 저 여자 다리가 조금 휘었다. 저런 얼굴을 가진 여자들은 모두 머리가 비었단 말이야. 내 말이 맞지요?"

말숙 엄마의 물음에 민 집사는 그냥 빙긋 웃음으로 받았다.

"우리 딸이 금년 봄에 대학을 졸업하고 월급을 아주 많이 주는 좋은 직장에 취직을 했어요. 한턱 낼 터이니 말숙이 데리고 나갑시다."

그러자 단춧구멍 눈을 치켜뜨면서 말숙 엄마가 한마디 했다.

"좋은 직장에 다니는 여자들 보면 얼굴이 모두 못생겼더라고요. 혹시 따님이 그렇게 생긴 것이 아닌가요?"

불쾌해서 속이 울컥 치밀었으나 전도를 하러 왔으니 참아야겠다고 생각하면서 얼굴색을 변하지 않고 다정하게 대했다. 동네의 아담한 중국집으로 데리고 가서 맛있는 것을 아무것이나 골라 먹으라고 했더니 탕수육에 부추잡채를 시킨 말숙 엄마는 식당 그득히 앉아 있는 손님들을 둘러보았다. 바로 옆에 앉아 있는 중년의 여인에게 그녀의 눈길이 멎었다. 또 무슨 말을 하려나 해서 민 집사의 가슴이 덜컹 내려앉았다. 귀티가 나게 멋있게 차려입은 여인이었다. 옆의 여자가 들릴 정도로 말숙 엄마는 또 한마디 한다.

"집 안은 치워 놓고 저렇게 차리고 다니는지 모르겠어."

민 집사는 얼른 그녀의 말을 가로막았다.

"집안 살림 잘하는 여자들은 청승맞게 맨날 집에 틀어박혀 일만 하겠지요. 전 그런 여자들 아주 미워해요."

민 집사는 너무 민망해서 몸 둘 바를 모르고 옆에 앉은 손님의 눈치를 보는 동안 말숙 엄마의 입이 또 따발총을 쏜다.

"저 나이에 저렇게 입고 다니는 걸 보면 시집에서나 친정에서 엄청 돈을 뜯어다 쓸 거라고요. 요즘 남자가 직장 생활 해서 벌어온 돈으로 어떻게 그렇게 입고 살아요. 얼마나 시댁이나 친정이 들볶이겠어요. 저런 여자는 미친 여자라고요."

그러고 보니 말숙 엄마는 남을 부러워하거나 좋겠다고 말한 적이 단 한 번도 없었다. 모두를 향해 흉을 보고 흠을 잡고 이죽거리면서 부끄러움도 없었다. 세상의 모든 사람을 삐딱하게 보는 세상에서 가장 불쌍한 여자를 앞에 놓고 민 집사는 아하! 아하! 하면서 막혀 오는 숨을 가다듬었다. ✽

# 향수미장원

상류층이 사는 부자 동네를 비껴간 일산의 한 모퉁이에 달동네를 겨우 면한 사람들이 모여 살아가는 마을이 있다. 이곳에 언제부터 있었는지 아주 오래된 향수미장원이 동네 한가운데 자릴 잡고 있다. 예약해야 갈 수 있는 미장원이라 언제나 조촐하게 미용사하고만 딱 둘이서 느긋한 시간을 보낼 수 있어 좋았다. 여성 고객들은 모두 20년이 넘게 이곳을 드나드는 탓에 노인층이 많았고 남자들도 총각 시절에 다니기 시작하여 자식을 낳고도 여길 찾아온다.

이곳의 특징은 먹을 것이 많다는 점이다. 점심시간에 가면 국수나 철 지난 총각김치를 물에 빨아 끓인 총각김치 찌개만을 반찬 삼아 밥을 먹을 수 있고 어떤 때는 고구마나 호박을 삶아서 식탁에 수북이 쌓아 놓기도 한다. 집에서 남아도는 골마지 낀 묵은 김치를 가져오는 사람도 있고 고향에서 보내온 갓김치가 너무 맛있으니 먹어 보라고 들고 오는 사람도 있었다. 해서인지 미장원에는 언제나 먹을 것이 풍성했고 오는 사람들마다 스스럼없이 식탁으로 가서 턱 버티고 앉아 자기 집처럼 뒤져서 먹는다.

뿐만 아니다. 미용사가 혼자 먹기에 많은 음식은 오는 고객들의 필요에 따라 골고루 나눠 주기도 한다.

이 동네로 이사 온 미애는 이런 미장원이 처음에는 너무 이상했는데 신 김칫국물에 비빈 국수를 미용사와 함께 먹고 난 뒤에는 마음이 클클하거나 비가 구질구질 오는 날에는 머리를 만지러 미장원으로 달려간다. 아직 머리를 깎을 시기도 아니고 파마를 할 때도 아닌데 머리에 영양제를 쳐 달라고 가서는 한 시간 버티고 앉아 그녀가 만져 주는 손길에서 마음에 안정을 찾기도 한다. 참으로 신비한 일은 속에 고인 엉터리 생각까지 말해도 미용사는 다정하게 받아 줘서 마음이 가벼워지고 기쁨을 느끼게 한다는 점이다.

하루는 미애가 파마를 하고 있을 적에 언행이 아주 거친 40대 여자가 미장원에 들어서더니 제집처럼 뿌르르 커피를 한 잔 턱 타서 마시면서 의자에 털썩 앉았다.

"많이 힘들어 보이네요."

미용사는 미애의 머리를 만지면서 부드러운 음성으로 그 여자에게 말을 걸었다. 그런 미용사를 향해서 따발총으로 쏴댄다.

"그 인간이 내가 몇 년을 모아 둔 돈을 전부 훔쳐서 도박장으로 가버렸어. 이 찢어 죽일 놈을 어떻게 하면 좋아."

분이 잔뜩 오른 여자는 기절할 듯 숨을 헐떡거렸다.

"저런! 얼마나 힘이 드세요. 너무 속상하시겠어요."

"콱 죽어버리고 싶어요. 그 인간을 죽이고."

"힘들어도 코끝에 호흡이 있음을 감사하면서 살자고요. 우린 참새보다 귀한 사람이잖아요."

"차라리 참새가 되면 좋겠어요. 훨훨 날아서 이 땅을 떠나고 싶어요. 남편이 있는 집에서 살고 싶지 않아요. 엉엉……."

"실컷 울어요. 속에 있는 것이 다 쏟아져 나올 때까지 울고 난 뒤 눈을 감고 참새가 되어 창공을 훨훨 날아 보세요."

여자는 입을 딱 벌리고 앙앙 시끄럽게 울어댄다. 미용사는 미안하다는 눈짓을 미애에게 보내며 등을 툭툭 쳐준다. ⚘

# 아내가 원하는 것

김중기 장로는 당회에서 기도원 건축을 위해 생활비 반을 내놓기로 선포하고 집에 돌아왔다. 이제 아이들 교육도 다 시켰고 덜렁 부부만 남았으니 기도원이 지어지는 3년간 죽지 않을 정도로 먹고살 결심을 한 셈이다.

아마도 이런 헌신은 일생의 마지막이 될 것이란 생각에 아주 기분이 좋아진 김 장로는 호기 있게 초인종을 눌렀다. 너무 기분이 좋아서 싱글벙글 웃고 들어오는 남편을 향해 오 권사는 인삼 즙을 짜서 대령했다.

"여보! 오늘 내가 아주 큰 결심을 했어. 기도원 건축에 우리 생활비 반을 3년간 바치기로 당회에서 발표했다고. 내가 이러니까 다른 장로님들도 모두 헌금을 분에 넘치도록 해서 기도원 건축이 아주 순조롭게 되었다니까."

오 권사는 기가 막혀 남편의 얼굴을 노려보다가 고함을 친다.

"지금 시어머니 양로원비를 매달 지불하고 나면 겨우 먹고살 정도인데 당신 말대로 하면 매일 물만 먹고 살아야 해요."

"엇참! 그런 지출이 있는 걸 난 까맣게 잊고 있었네. 이

일을 어떻게 한다지. 그럼 어쩔 수 없지. 우리 노후 대책으로 적금한 돈을 깨서 쓰면 되겠네."

"어머머! 이 사람 좀 봐. 그걸 깨면 우린 늙은 뒤에 어떻게 살아요. 그건 우리의 마지막 보루라고 일생 아껴 가면서 모아 놓은 돈이라 그건 절대 안 되어요. 나 죽거든 꺼내 쓰세요."

"하나님께 바친 돈을 놓고 여자가 말이 너무 많아. 남편 기를 이렇게 죽여도 되는 거야. 난 절대로 철회할 수 없어. 하나님 앞에 약속한 걸 어떻게 못 한다고……."

"사람이 살고 나서 헌금도 하는 것이지 그렇게 무모한 헌금을 하면 시험을 받는다고요. 전 절대로 찬성 못 해요."

너무나 과격하게 나가는 아내 때문에 김 장로는 화가 나서 고함을 치다가 각각 다른 방으로 들어가 잠을 잤다. 다음 날도 또 다음 날도 냉전은 계속되었다. 아내 오 권사는 남편의 밥도 차려 주지 않고 끙끙 앓아누워서 일어나지도 않고 남편인 김 장로에게 등을 돌려 아예 남남으로 갈라질 태세였다.

속이 상한 김 장로는 철야기도를 하면서 울먹이고 코를 풀어 가면서 밤새 성전에 꿇어앉았다. 새벽녘에야 마음에 빛이 보이기 시작했다. 집으로 돌아간 김 장로는 아내가 자고 있는 방으로 들어가서 무릎을 꿇고 앉았다.

"여보! 정말 미안하다. 내가 당신하고 의논하고 이런

헌금을 할 걸 혼자 밀고 나간 것이 당신 마음을 상하게 했어. 정말 미안하다. 당신 마음이 얼마나 아픈지 이제야 알겠어. 내가 당신이라면 이보다 더 화를 냈을 거야."

남편의 말을 누워서 듣고 있던 오 권사는 부스스 일어나서 기어들어 가는 목소리로 말했다.

"이제야 당신이 내 마음을 알아주는군요."

"너무 당신 마음을 아프게 해서 미안해. 당신 마음이 아프니까 내 마음도 똑같이 아파. 목사님께 말씀드려 철회할 거야."

"그렇게 못하지요. 하나님께 바친 헌금이니 내야지요."

부부는 마주 보고 싱긋 웃었다.

# 두 갈래 길

때는 1960년대 중반, 피아노를 전공한 S여대 학생들이 졸업 연주 여행을 떠났다. 크리스마스를 앞둔 추운 날씨에 20명이 넘는 음대생들이 진해의 한 여관에 투숙했다. 그때는 여관마다 연탄을 때서 방을 덥혔던 시절이다.

한창 젊음이 넘치는 나이들이라 치맛자락이 바람에 날려도 깔깔대는 여대생들이 밤에 겨울바람을 맞으면서 바닷가를 거닐다가 생선회를 먹고 신나게 지껄이다가 모두 두 명씩 한 조가 되어 객실에 투숙했다. 다음날 어둑새벽에 모두 일어나 해 뜨는 바닷가를 거닐자고 약속을 했다.

밤새 속닥거리다가 잠을 못 이룬 친구들의 시끌벅적한 소리에도 맨 구석방에선 인기척이 없다. 아침 식사 뒤 남해 일대를 돌아야 하는데 끝 방에선 감감무소식이었다. 어쩔 수 없이 우우 몰려가서 방문을 열었다. 갑자기 귀청을 찢는 괴성에 이어 울음소리가 진동했다. 끝 방의 영애와 관숙, 두 처녀는 이미 숨을 거둔 뒤였다.

의사가 오고 경찰이 오고 순식간에 작은 항구도시는 아수라장에 울음바다가 되었다. 사인은 연탄가스. 창문 옆에 설치한 굴뚝의 연탄가스가 바람을 타고 창틈을 비집고 들어와 난 사고였다. 곱게 자라서 피아노를 전공하고 이제 사회로 나가 시집을 가고 직장도 잡을 꿈을 꾸고 있던 두 여학생이 밤사이에 비명에 간 셈이다.

달려온 관숙의 부모는 땅을 치면서 울어댔다. 인솔 교수의 가슴을 주먹으로 치기도 하고 여관의 창문을 부수기도 했다. 이 와중에 영애의 부모는 조용했다. 지나치다 싶게 침묵해서 마치 딸이 죽기를 바라기라도 한 것이 아닌가 하는 의구심이 들기도 했다. 물론 저들도 울기는 하지만 소리 없이 눈물만 닦았다. 관숙의 부모는 너무 난동을 부리고 울어대서 교수들도 도망가버렸고 여관주인도 몸을 숨길 지경이었다.

지나치다 싶게 너무 조용한 영애 부모가 이상해서 한 여대생이 조용히 물었다.

"왜 관숙이 부모처럼 때려 부수고 울지 않으세요. 그래야 나중에 마음의 상처를 다스리기 쉬울 터인데요."

그러자 영애의 어머니가 부드러운 목소리로 대답했다.

"그 애는 우리 집보다 더 좋은 집으로 갔어요."

"그걸 믿으세요?"

"그럼요. 지금 당장은 섭섭하지만, 장차 다시 만나게 될 터이니 기쁨으로 보내야죠."

그러자 관숙의 부모가 주먹질하면서 절규했다.

"그런 집이 어디 있어. 거짓말이야. 미물로 살아도 이생이 좋은 법이야."

관숙의 부모는 몸부림치고 언 땅바닥 위에서 뒹굴면서 입에 거품을 물었다. 한편 영애의 부모는 조용히 머리를 숙이고 가만가만 찬송을 부르기 시작했다.

"며칠 후, 며칠 후 요단강 건너가 만나리……."

"죽은 딸 앞에 놓고 노래를 부르다니 미친 사람들이군."

두 죽음을 앞에 놓고 완전히 갈린 두 갈래 길이 저들 앞에 펼쳐져 있었다. ✾

# 모두 내 탓이요

김나미 집사는 남편이 미워서 죽을 지경이다. 자정이 뎅뎅…… 치면 어김없이 현관문을 들어서는데 정말 자지러질 지경으로 미움이 하늘 끝까지 치솟는다. 이번 봄에 유치원에 들어간 딸, 미리가 아버지가 들어설 즈음에 발작을 하기 시작해서 그 증세가 자못 심각했다. 아버지가 들어올 시간이 되면 얼마나 심하게 울어대는지! 아무리 달래도 걷잡을 수가 없다. 겁에 질려서 우는 정도가 아니라 숨이 넘어갈 듯이 울어대서 달랠 수가 없다. 정신과 의사를 찾아갔더니 아버지와 떼어놓아 안정을 시키라고 할 지경이라 더욱 속이 상해 있었다.

술버릇도 층층시하에서 배웠으면 얌전하다는데 그 사람은 홀어미 밑에서 자란 탓인지 아무 데서나 잠이 드니 미칠 지경이었다. 삼대째 기독교 가정에서 자란 김나미 집사 입장에서는 술 먹고 담배 피우는 자체가 죄악이라고 믿고 자란 것이 문제일까. 오늘은 사생결단을 내리라 결심을 하고 총알처럼 남편을 향해 돌진했다.

"아쿠쿠! 아쿠쿠! 이 마누라가 왜 이래."

머리로 남편의 코를 축구선수처럼 헤딩했더니 코를 움

켜쥐고 쩔쩔매는 모습에도 분이 풀리지 않은 김나미 집사
는 이번에는 발로 그의 무릎을 걷어찼다.

"아쿠쿠! 아쿠쿠! 나 죽는다. 폴리스를 불러야겠어. 내
가 고발할 거라고."

부부가 맞고함을 치면서 싸우자 뒤란에 풀어놓은 말만
한 개까지 컹컹 짖어대서 자정에 온 동네가 떠들썩해졌
다. 고등학교에 다니는 아들이 참다못해 나와서 어머니와
아버지를 떼어놓고 집안에서 싸우라고 라운드를 현관문
안으로 옮겨놓았다.

불빛에 드러난 남편의 몰골은 가관이다. 코에서는 코피
가 줄줄 흘러나오고 아직도 구둣발에 채인 무릎이 아픈지
절절매면서 죽을상이다. 입에서는 술 냄새가 쿨쿨 나고
눈은 술기운으로 드라큘라의 눈처럼 흰자위가 온통 불그
레하다.

아내의 분노한 얼굴을 흘겨보면서 남편이 고함을 친다.

"마귀가 따로 없어. 당신이 바로 그 마귀요. 그 마귀가
새벽마다 나가서 기도하는 교회를 내가 어떻게 나가. 당
신 한 마리 마귀에게도 들볶여서 죽을 지경인데 거기 갔
다가는 수백 마리의 마귀들에게 들볶일 것 아니냐고. 당
신은 내 코를 헤딩하고 무릎을 찼지만 거기 가면 남자들
도 있을 터인데 내 뒤통수를 치면 난 그 자리에서 죽어버
린다고. 그래서 교회에 안 다니고 있다고."

술기운에 절은 눈을 굴리면서 말하는 남편의 얼굴이 불

쌍할 지경으로 일그러졌다. 정말 아내가 무섭고 교회가
무서워 죽을 지경이란 표정이 역력했다.

"내가 이렇게 술을 먹는 것은 여우 같은 아내와 토깽이
같은 자식들 벌어 먹이느라고 이러는 거라고. 끄으……
누군 술을 먹고 싶어서 먹는 줄 알아. 그 직장에 붙어있자
면 고객들 접대하느라고 밤마다 근무하는 거라고. 나를
이해해 주지 않고 날마다 들볶으니 나도 집이 싫어지기
시작해. 나를 붙들어달라구. 으윽, 크윽……"

장신인 남편이 거구를 현관 마루 위에 대(大)자로 내던
지고 코를 골기 시작했다. 순간 김나미 집사의 머리를 스
치는 목사의 설교가 떠올랐다.

'예수를 믿지 않는 남편을 가진 여집사님들이여! 잘 들
으시오. 모두 집사님들 탓이요. 먼저 남편을 사랑하시오.
술 마시고 들어온 남편을 왕을 모시듯이 잘 받들고 사랑
하면 아내가 믿는 하나님을 왜 믿지 않겠소. 모두 여러분
들 탓이요……'

남편의 어깨 밑에 드는 작은 체구인 김나미 집사의 힘
으로는 도저히 그를 방안까지 끌어들인 재간이 없었다.
숨이 넘어갈 듯이 울어대던 딸도 지쳤는지 조용하다. 공
부방에 틀어박힌 아들을 불러내서 산더미만 한 짐을 옮기
듯이 남편을 거실로 끌어들였다. 셋이 끙끙 힘을 합쳤지
만, 어찌나 무거운지! 술에 절어 전신을 내맡긴 남편의
몸무게는 마치 몇 백 파운드라도 나가듯이 엄청났다. 딸

의 이마 위에도 땀이 흥건하게 고이고 아들의 코끝에도 땀이 송송 내비친다. 김나미 집사의 등은 땀으로 풍 젖어 왔다. 한 시간이나 걸렸을까. 짐처럼 너부러진 남편을 침대 위에 올려놓고 아들은 구두를 벗기고 딸은 양말을 벗겼다. 중환자라도 돌보듯이 식구들의 자세는 사뭇 진지했다. 넥타이를 풀어내고 웃옷을 벗기고 잠옷으로 갈아입히고 끈적거리는 얼굴과 몸을 뜨거운 물수건으로 닦아주고…… 시계를 보니 새벽이 가까운 시각이었다. 아들의 얼굴에 미소가 흐른다. 딸의 얼굴에도 안도감이 서린다.

김나미 집사는 남편이 먹을 북엇국을 끓이기 시작했다. 주일 아침이니 이 시각이면 새벽기도회에 나가야 하는데 남편을 위해 국을 끓이고 있는 것이다. 밥을 새로 짓고 흐트러진 거실과 방을 치우고 나니 아침 햇살을 따라 베란다에 심어놓은 꽃들이 일제히 입을 벌려서 평화로운 한날이 시작되었다. 안개가 걷히면서 어찌나 아름다운 햇빛이 찬란하게 집안으로 파고드는지!

"여보! 일어나서 북엇국 드세요. 당신 술 먹고 속 쓰리지요."

아내의 말에 남편은 실눈을 뜨고 사태를 관망하는 눈치다. 또다시 헤딩하면서 싸울 태세를 취하는 것이 아닌가. 해서 방어를 취하는 자세가 분명했다.

"찬란한 아침이에요. 어서 일어나 국을 드세요. 밥도 새로 지었어요. 당신이 좋아하는 낙지볶음도 했어요."

"어어……."

남편은 자신의 몸을 훑어본다. 다른 때 같으면 현관문 앞마루에 쓰러져 잠들었을 터인데 침대 위에 그것도 잠옷을 입고 보송보송한 몸으로 잠을 잤으니 꿈을 꾸는 듯했다. 계면쩍은 표정을 지으면서 아내의 눈치를 살폈다. 미안해서 얼굴을 숙인 채 아침 밥상에 앉아 먼저 국물을 호로록 마셨다. 김나미 집사는 화장을 끝내고 주일 예배에 참석하려고 옷을 갈아입고 남편에게 인사를 한다.

"저 교회 다녀올게요."

다정하게 말하면서도 마음속에 이런 생각이 스쳤다. '아유! 저 원수! 언제 나와 함께 교회에 갈까. 목사님 말씀에 순종은 하지만……' 남편의 눈길이 아내의 뒤통수에서 잠시 머무는 걸 느낀다.

"여보! 잠깐 기다려."

"왜요?"

"나도 당신하고 교회에 가고 싶군그래." ✶

# 침묵의 비밀

김한규 목사의 아내인 이성애는 교인들의 입에서 어린 사모라고 불린다. 하긴 아직 서른을 넘긴 나이가 아니니 그럴 수밖에. 교회가 세워진 지 팔십 년이 가까우니 삼 대째 나오는 집안이 대부분이고 할머니들이 많으니 어린 사모라는 이름이 붙을 수밖에. 목사와 갓 결혼해서 이 교회에 온 뒤부터 버젓이 이름이 있건만 어린 사모라고 불리게 되었다.

이런 어린 사모에게 제일 무서운 호랑이 권사 한 분이 계신다. 여든이 가까운 분인데 아들 두 분이 이 교회 장로일 뿐만 아니라 대기업 창업주로 집안에서도 위세가 당당해서 며느리들이 절절 긴다는 소문이 자자했다. 이북에서 아들 둘과 딸 셋을 달구지에 싣고 남하해서 길거리에서 빈대떡을 만들어 팔아서 자식들을 공부 시켰고 개울에서 오리를 길러 가업을 일으켰고 이제는 가공식품으로 굴지의 대기업으로 성장했으니 그럴 수밖에. 이 모든 축복이 권사의 기도 덕분이라고 교회의 모든 어머니들이 새벽기도회에 열심히 그 권사를 따라 나올 정도이니 권사의 위력이 어느 정도인지 짐작이 갈 것이다. 이런 권사 앞에서 어린 사모는 주눅이 들어서 고개조차 제대로 가누지를 못한다. 그 이유는 목사와 어린 사모, 그리고 권사만 아는 비밀이 있기 때문이다.

그 사연인즉 어린 사모가 된 지 반 년 만에 목사와 대판 싸움을 한 적이 있었다. 나이 차이가 많은 목사는 아내의 사모역할이 늘 못마땅해서 호통을 쳤는데 그 날은 마구 덤벼들어서 머리를 한 방 세차게 때리는 사건이 터졌다. 마침 그 시각에 무서운 권사가 대문을 열고 들어서는 찰나였다. 목사댁에 귀한 생선을 사 가지고 막 들어서는 찰나였다. 목사와 어린 사모가 얼른 태연하게 행동했으면 좋았으련만 어린 사모가 권사의 치마폭에 뛰어들었다.

"사모님! 와 그럽시네까?"

"목사님이 절 때렸어요. 아이쿠! 억울해. 목사님이 사람을 팼다고요. 여길 때렸단 말이에요."

"쯧쯧…… 어린 사모님, 우리 어린 사모님! 내래 비밀로 부칠 터이니 끼니 이다음에는 절대로 이런 짓 하지 마시라우요. 목사님이 때려도 목사님 품안으로 들어가야디. 알겠시오?"

무엇이 그리 창피한지 얼굴까지 붉히면서 돌아선 권사는 그 이후 사모의 이름 앞에는 꼭 '어린'이란 단어를 붙여 불렀고 모든 교인들이 권사를 따라 그렇게 부르게 되었다. 어떤 집안이란 말인가! 시무 장로가 두 분이나 있는 터이라 권사가 이상한 말이라도 벙긋하는 날에는 교회가 들썩일 사건이 아닌가. 그러나 그 이후 어느 누구도 목사가 어린 사모를 한 대 쥐어박았다는 소문은 없었다.

이런 권사를 어린 사모가 어찌 무서워하지 않으리요. 사모가 무서워서 권사 앞에서 쩔쩔 매기는 하지만 존경이 서린 그런 경외감이었다. 어쩌다 둘이 눈이 마주칠 때는 서로 눈으로 인사를 주고받을 정도로 깊은 사랑과 신뢰감이 흐르기도 했다.

이런 권사가 중풍으로 쓰러지신 것이다. 병원에서는 뒤틀린 몸을 바로 펼 수 없다고 퇴원을 권했고 어쩔 수 없이 자녀들은 한의사에게 노모를 맡긴 상태였다. 매일 침을 맞아가면서 물리치료를 하느라고 입원한 병실 밖에는 자녀들과 심방 온 교인들로 들끓었다. 기도의 어머니가 쓰러졌으니 이거 무슨 숨겨진 죄라도 있는 것이 아니냐고 수군거리는 소리도 들렸다. 그런데 이를 어쩔꼬. 권사는 자식들까지 만나지 않겠다고 고집을 부렸다. 흐느적이는 왼손과 다리를 성한 오른 손으로 만지면서 꼭 한 사람 어린 사모만 보겠단다.

장로의 손에 이끌려 병원에 온 어린 사모는 사시나무 떨 듯이 몸을 가누지 못했다. 호랑이 권사가 어쩌자고 자식들도 보지 않겠다고 하면서 어린 사모를 호출하고 있단 말인가! 병실 밖 분위기는 아주 살벌했다. 분위기로 봐서 권사의 이름 앞으로 되어있는 재산 상속 때문에 이러는 것이 틀림없었다. 기업의 반 이상이나 가지고 있는 재산에 대한 유언을 어린 사모에게 하려고 그러니 자녀들 입장에서는 씁쓸하고 기가 막힌다는 표정들이었다.

호랑이의 당당함이 사라진 권사는 벌벌 떨면서 다가온 어린 사모의 손을 꼬옥 잡더니 간호사까지 나가달라고 눈짓을 했다. 어린 사모도 긴장해서 몸이 뻣뻣해졌다.

"어린 사모님! 절 용서해주갔디요."

"권사님! 무얼 용서해 달라는 말이에요. 전 어린 사모예요."

"제가 이렇게 쓰러진 것은 죄가 있어서 그럽니다. 이 죄를 어떻게 할지 몰라서 어린 사모님을 불렀디요."

"권사님! 전 어린 사모예요. 제가 뭘 안다고 이러세요."

"아니요. 이건 목사님께도 말 못할 여자들끼리의 이야기요. 하나님께 수없이 회개했어도 그래도 사모님께 고백해야디 죄가 용서되갔다는 마음이 들었디요. 내래 아기를 셋이나 유산한 죄인이라요. 피난시절 아이를 자꾸만 나면 어떻게 길러요. 장사는 누가 하구요. 이런 죄인을 하나님이 용서하실까요?"

"그럼요. 죄를 자백하기만 하면 다 용서하신다고 했으니 권사님! 이 죄는 사함을 받았어요. 동이 서에서 먼 것처럼 죄를 기억하지도 않는다고 하셨으니 이제 기뻐하세요."

어린 사모의 품에 안긴 권사는 엉엉 울어댔다.

"하나님! 용서해 주세요. 전 살인자입네다. 절 용서해

주세요."

권사의 울음소리가 어찌나 큰지 천장이 날아갈 것 같았다. 어린 사모는 권사를 가슴에 안고 함께 엉엉 울 수밖에 없었다. 이렇게 한 시간이 흘렀을까. 어린 사모는 눈물을 닦으면서 병실을 나가려 몸을 돌렸다. 권사가 어린 사모의 등에 대고 이렇게 말했다.

"이건 우리끼리 지켜야 할 비밀이요."

"제가 권사님 치맛자락에 숨었던 비밀하고 같은 것이니 걱정하시지 마세요."

"아하하하……."

밖에 나오니 심각한 얼굴을 한 자녀들이 우우 어린 사모님의 뒤에 따라 붙었다.

"어머님이 뭐라고 했어요. 유언을 어서 말해보세요."

"이건 권사님 돌아가실 때까지 지켜야 할 비밀이니 말 못해요."

어린 사모는 저들의 손길을 뿌리치느라고 땀을 흘렸다. ✽

# 먹보다 더 검은 죄

시내에서 한 시간 거리에 있는 한국교회는 세상에서 제일 아름다운 곳에 위치하고 있다. 철 따라 산새들이 지저귀고 들꽃이 피는 탓도 있겠지만 교회 안에 심어진 무궁화로 인해 더욱 유명하다. 무궁화가 그저 한두 그루 심어진 것이 아니고 수백 그루가 성전 건물을 가운데 두고 요새처럼 빙 둘러있어 꽃망울이 피어나는 때부터 다 질 때까지 사람들의 발길이 끊이질 않는다. 태평양을 사이에 두고 조국을 떠나온 사람들에게 무궁화 꽃도 진한 향수를 안겨주기 때문이다.

한국교회의 건물이 충청도 산골의 시골 교회처럼 지어진 것도 이민 온 사람들의 발길을 끌고 있다. 뾰족한 지붕에 십자가를 높이 달았고 마당에 세워놓은 종탑에는 고향에서도 이미 없어진 그런 고풍스러운 종을 달아놓았다. 이웃 백인들의 고발로 종을 칠 수 없어 벙어리 종이 되었지만, 박물관의 종처럼 한쪽을 운치 있게 장식하고 있다. 어떻든 이 모두가 갑자기 타임머신을 타고 충청도 산골이라도 온 듯한 기분을 자아내기에 충분한 곳이었다.

이 교회의 성도들에게만 알려진 또 하나의 명소가 있

다. 바로 이 교회 땅을 혼자의 힘으로 사고 성전을 지은 지 장로의 골방이다. 이 골방은 십자가 바로 밑에 있다. 파수꾼의 망대처럼 제일 높은 곳에 있어 교회 뜰이나 성전 안까지 한눈에 볼 수 있는 곳에 자리 잡고 있다. 지 장로의 기도 방으로 알려진 이 방 곁을 지나갈 적에는 목사까지도 발꿈치를 들고 목소리를 죽인다. 그러니 주일학교 학생들은 교회에 와서 이 골방 때문에 기를 펴지 못한다.

이 정도로 되기까지 지 장로는 고생을 했고 성도들도 이루 말할 수 없는 고통의 연속이었다. 하지만 가장 귀한 돈을 바쳐 헌신한 장로를 존경 아니 할 수도 없는 처지였다. 이민 올 때 가져온 재산으로 제일 먼저 성전을 짓고 나머지 돈으로 집을 산 분이기 때문이다.

이런 장로 밑에서 일을 하자니 목사가 해마다 갈렸다. 종아리만 맞지를 않았지 하고많은 날 잔소리를 하니 어느 목사가 붙어있을 수 있단 말인가. 해서 날이 갈수록 성도들의 수는 줄어만 갔고 교회는 무궁화와 특이한 시골풍의 성전으로 인해 도시 사람들의 데이트 장소요, 잠시 쉬어가는 공원처럼 되어갔다.

이런 한국교회에 하나님께서는 아주 좋은 목사를 보내주셨다. 공부도 많이 하고 인품도 좋고 설교도 잘 하는 목사가 글을 쓰면서 조용히 여생을 보내겠다고 자신해서 이 교회에 오신 것이다. 말씀에 굶주렸던 성도들은 가뭄에 내린 단비를 맞듯이 모두 싱싱하게 살아나고 있었다. 여기저기서 찬송 소리가 우렁차게 울려 퍼지고 주일학교 학생들의 발걸음도 힘이 있었다.

지 장로의 골방 주위만 빼놓고 어디에나 활기가 넘쳐흘렀다. 새로 오신 목사는 이런 분위기를 아시는지 모르는지 골방 옆에서도 허허허…… 크게 웃으시고 성도들에게 큰소리로 인사를 한다. 이러다가 큰일이 나는 것이 아닌가. 해서 한 분뿐인 권사가 기겁해서 입을 틀어막는 시늉을 하면서 소곤거렸다.

"목사님! 조심하세요. 저기 골방에서 지 장로님이 기도하고 계세요. 이렇게 떠들면 큰일나요."

그러자 목사는 더 큰 소리로 허허허…… 웃으면서 말했다.

"하나님의 귀는 요란한 세상에 숨겨진 소리까지 다 들으시니까 걱정하시지 않으셔도 됩니다. 더구나 신령하신 장로님이 우리 떠드는 소리를 들을 수 없을 것입니다. 하나님과 깊은 교제를 하고 계시니까요."

지 장로는 이런 대화를 골방에 앉아서 다 듣고 있었다. 높은 곳에 앉아서 안테나처럼 모든 소리를 잡고 있으니 어찌 그 소리가 그냥 지나가겠는가.

'아하! 요 목사를 봐라. 감히 나를 어떻게 보고 이러는 것이지. 내 귀도 하나님의 귀처럼 다 듣고 있고 내 눈은 여기 앉아서 다 보고 있다는 걸 모르는 모양이지. 한 번 혼을 내줘야겠군.'

그때부터 지 장로의 시집살이가 시작되었다.

'목사가 어떻게 기도를 고렇게 조금 하느냐. 적어도 나보다는 많이 해야지. 나는 이 골방에서 하루에 다섯 시간 이상을 기도하고 있다.'

'목사가 제일 가난하게 살아야지 본이 되는데 어쩌자고 새 차를 샀느냐. 중고차를 몰고 다녀야지. 새 차를 사려면 싸구려를 사야지.'

'설교에 영력이 없다. 앉은뱅이가 벌떡 일어나는 능력 있는 설교를 해야지. 베드로를 봐라. 무식한 어부였지만 사도행전에 나타나는 기적들을 왜 행하지 못하느냐.'

부정적이고 독선적이며 혹독하게 질타하는 지 장로의 말에 목사는 귀머거리가 되었는지 도통 맞장구를 치지 않는다. 교인들은 가슴을 졸이면서 목사와 지 장로의 얼굴을 보지만 손바닥처럼 마주치지를 않으니 소리가 나지를 않는다.

그러다 드디어 사건이 터지고야 말았다. 부활절에 부를 찬양을 마지막 연습할 때 모두 하얀 가운을 입고 섰다. 강단에 세 줄로 서자니 질서 있게 들어가고 나가는 연습을 하느라고 모두 긴장했다. 이때 골방에서 천둥소리가 들렸다.

"가운이 저렇게 더러워서야! 부활절에 주님을 모욕하자는 건가."

성가대장이 골방으로 올라가더니 울상을 하고 내려온

다. 성가대원들도 몇 명 올라갔으나 어찌나 무섭게 나대는지 장로의 위세에 눌려서 울상이다. 어쩔 수 없이 목사가 골방으로 올라갔다.

"저 가운들을 보시오. 온통 먹칠 투성이요. 당신처럼 말이요."

목사는 지 장로가 가리키는 골방의 유리를 통해 가운을 입은 성가대원들을 내려다보았다. 진짜로 가운은 지독히 더러워 보였다. 목사는 빙긋 웃고는 휘잉 밖으로 나갔다. 사찰이 사다리를 가지고 달려왔다. 젊은 집사들이 걸레를 가지고 민첩하게 움직였다. 골방의 유리창을 닦아내는 손길이 바빴다. 하얀 걸레가 먹물을 먹은 거처럼 시꺼멓게 변했다. 목사는 아무 소리도 않고 성전으로 내려가서 다시 성가를 부르라고 눈짓을 했다. 지 장로 혼자 골방에 남게 되자 가만히 유리창을 통해 성전을 내려다보았다. 이럴 수가! 성가대원들이 입은 가운이 백옥처럼 희어져서 눈이 부셨다. 엉덩방아를 찧으면서 바닥에 주저앉은 지 장로는 골방의 유리창을 통해 다시 밖을 보았다. 눈처럼 흰옷을 입은 성가대원들이 천사처럼 보였다. 그러자 저들의 찬양이 지 장로의 귀청을 꿰뚫는다.

'먹보다도 더 검은 죄를 물든 내 마음…….' ✗

# 가장 아름다운 순간

예리는 죽을 쑤면서 연신 시계를 올려다보았다. 벽에 걸린 시계가 정확하게 7시를 칠 때 병원으로 향해야 한다. 시어머니는 언제나 8시에 아침 식사를 드시는 버릇이 있어 조금이라도 늦는 날이면 불호령이 떨어지기 마련이다. 팥죽을 쑤느라고 새벽부터 서둘렀건만 팥을 삶아서 으깨 짜서 그 물에 쌀을 씻어 넣고 젓다 보니 예상 밖으로 시간이 걸렸다. 예리는 아직도 단단한 쌀알을 주걱으로 떠서 만져보며 안달을 했다.

사고가 나는 한이 있어도 시간에 맞추려고 급히 차를 몰았건만 병실에 도착하니 20분을 넘긴 시각이었다. 병실 문을 여는 그녀의 손이 달달 떨렸다.

식도암에 걸려 시한부 인생을 살면서도 시어머니는 당당했다. 머리를 곱게 빗고 파운데이션을 바르는 화장까지 하고 입술을 연분홍으로 진하게 바르고는 며느리가 들어서는 문을 향해 고함을 칠 것이 뻔했기 때문이다. 얼굴을 푹 숙이고 그녀는 문을 조금 열고는 병실 안을 들여다봤다.

그런데 이게 웬일인가? 어머니는 침대에 반듯이 누워

눈을 감고 있지 아니한가. 가슴이 덜컹 내려앉았다. 남편은 미국으로 사업차 나가고 없는데 혹시 돌아가신 것이 아닐까. 임종 자리를 지키지 못했으니 남편은 돌아와서 이렇게 말할 것이 뻔했다.

'당신은 살아생전 어머니를 그렇게 정성 없이 모시더니 임종 자리도 지키지 못했군. 그런 며느리를 둔 어머님이 불쌍하다고……'

생각이 이에 이르자 그녀는 미친 듯이 병실로 뛰어 들어가서 어머니의 팔을 잡아 흔들었다. 몸이 빳빳하다고 느껴졌다. 가슴이 떨리기 시작했다. 어머니의 몸이 장작개비처럼 바짝 마르고 딱딱하다는 느낌이 들면서 이 집에 시집와서 처음으로 어머니가 가련하게 보이기 시작했다.

얼마나 거대한 어머니였던가! 하늘에 닿을 듯 높고 웅장한 산으로 보였던 어머니가 작고 초라해 보였다. 거인이었던 사람이 갑자기 난쟁이가 되었다고나 할까. 예리는 어머니의 눈까풀을 엄지와 검지로 헤집으면서 다급하게 외쳤다.

"어머니! 눈을 떠 보세요. 이렇게 떠나시면 어떻게 해요."

날카롭고 가는 예리의 목소리가 쨍하니 병실을 잡아 흔들었다. 키가 작아서 아들의 어깨 밑에 든다고 늘 못마땅해 하던 어머니다. 덕스럽지 못하게 코가 너무 오뚝하고 눈이 커서 과부 상이라고 상을 찌푸리던 어머니다. 더구나 허리가 한 움큼밖에 되지 않아 아이를 어떻게 낳느냐고 대놓고 불평을 하기도 했다. 이마가 됫박처럼 톡 튀어나와서 진득하지 못하고 촐랑대는 상이라고 하지 않았던가.

어머니의 눈에 예리의 몸은 어느 한구석도 칭찬할 부위가 없었다. 젖가슴은 절벽이라 모유를 먹이기 어렵다고 했고 손은 너무 작아서 어떻게 살림을 할 것이냐고 한탄도 했다. 그러나 결혼 20년에 떡두꺼비 같은 아들을 셋이나 낳았고 집안도 불일 듯 일어나서 어머니의 시절보다 더 잘 살고 있지 아니한가. 이만하면 칭찬할 만도 한데 어머니는 언제나 예리를 며느리이기보다 불평의 대상이요, 화풀이의 대상이 되었다. 하긴 시아버지가 일찍 돌아가셨고 아들 하나만을 바라고 살아온 인생이니 그럴 수도 있다고 자신을 달래기도 했었다.

아들을 남편으로 삼아 일생을 살아온 삶이 아니던가. 그런 아들을 갑자기 젊고 싱싱한 여자가 나타나 앗아가버렸으니 며느리인 예리가 질투의 대상이 될 수밖에 없지 아니한가. 밥을 먹어도 좋은 반찬은 아들 앞으로 밀어 놓고 행여나 며느리의 젓가락이 그리로 갈까 봐 눈을 흘기기도 했던 어머니다.

예리의 머릿속으로 주마등처럼 지난 20년이 스쳐 갔다. 서러움이 울컥 치밀어 올랐다. 아들 셋이 시어머니의 손에서 크고 예리는 남편을 따라 사업장을 돌았으니 아들을 기르는 재미까지 몽땅 앗아간 분이다. 이렇게 암에 걸려 죽는 것이 싸다고 이따금 입을 삐죽이기도 했지만, 이 시간 침대에 전신을 맡기고 누워있는 어머니는 미움의 대상이 아니요, 가련한 한 여인으로 그녀 앞에 다가왔다. 문득 이렇게 보내면 자신도 어머니도 둘 다 불행할 것이란 생각이 들었다.

"어머니! 이렇게 가실 것을 왜 그렇게 저를 못살게 들볶았어요. 회개하고 가셔야지요. 천국에 가서 회개하면 늦잖아요. 지금 회개하고 떠나세요. 제 앞에서 어서 회개하시라니까요."

예리의 손에 점점 거세게 힘이 주어졌다. 꼬집어서라도 의식이 돌아와 며느리에게 한마디쯤은 하고 가야 한다는 생각이 집요하게 어머니의 머리를 잡아 흔들었다.

"어머니! 눈을 뜨시고 절 보세요. 그렇게도 미워했던 며느리에게 한 말씀은 하고 가셔야지요. 그래도 이 미운 며느리가 여섯 달이나 똥오줌을 받아냈고 음식을 잡숫게 했으면 고맙다는 말 정도라도 하고 가셔야지요. 하나님 앞에 권사님으로 서시는 것이 아니잖아요. 한 여인으로 하나님 앞에 가서 저를 미워한 모든 것을 어떻게 하시려고 이렇게 그냥 가세요. 회개하고 가세요. 어서 눈을 뜨고 절 보세요."

어떻게 이런 거친 말이 술술 예리의 입에서 쏟아지는지 자신도 놀라서 어깨를 움츠렸다. 얼마나 지났을까. 어머니는 힘들여 눈을 떴다. 눈가를 타고 굵은 눈물 줄기가 흘러내렸다. 눈동자를 며느리에게 고정시키고 무어라고 입술을 달싹거렸다.

예리는 귀를 바짝 입가에 대고 무슨 소리인지 들으려고 안간힘을 썼다. 발음이 제대로 되는 것은 아니지만 그녀의 귀에 이렇게 그 뜻이 전달되었다.

"용서해다오. 잘못했다. 천국에서 만나자."

그녀는 시어머니의 가슴에 얼굴을 묻고 서럽게 엉엉 울어댔다. 아가처럼 어머니의 젖가슴을 주무르면서 오열했다.

"이렇게 가시려고 그렇게 사셨어요. 그까짓 먹는 음식까지 아끼면서 절 미워하시고 이런 꼴로 가시려고 그러셨어요. 절 미워해도 좋으니까 몇 년 더 사세요. 산처럼 제 앞에 일어나서 사셔야지요. 진짜로 어머니를 잘 모시겠어요. 친정어머니처럼 대할게요. 절 용서해 주세요. 전 어머니보다 더 미워하면서 증오하고 살았으니까요. 용서해 주고 가세요. 이렇게 가면 전 어떻게 살아요. 마음이 아파서……."

시어머니의 손이 울어대는 며느리의 뒷머리를 감싸 안는 듯했다. 몸도 크고 손도 큰 어머니였다. 그 손 안에 예리의 머리가 안겼다.

난로처럼 뜨거운 손에서 전해지는 열기로 인해 그녀의 마음속에 서서히 편안함이 임했다. 가만히 어머니의 얼굴을 올려다보았다. 어머니는 이미 숨을 거둔 뒤였으나 아직도 부드럽고 뜨거운 손이 예리의 머리를 감싸 안고 있어서 그녀는 물기 어린 눈으로 위를 보았다. ⚡

# 산 짐승이 머무는 집

미장원에 가려고 하루 일을 쉬는 늦은 아침 전화벨이 요란하게 울렸다. 미애는 이 시간에 전화할 사람이 누굴까 머리를 갸우뚱거리면서 수화기를 들었다.

"저 민 사장입니다. 거기 김미애 여사 계십니까?"

"네! 접니다. 누구시죠?"

"아아! 이거 실례합니다. 근화 남편 되는 사람입니다."

순간 미애는 가슴이 철렁했다. 삼 년 전에 대학까지 졸업하고 결혼을 앞둔 아들이 권총강도를 만나 살해당한 뒤 근화는 완전히 가버린 상태였다. 외동아들을 데리고 태평양을 건너올 적에는 그만큼 아들에게 건 꿈이 컸었기 때문에 그 상실감을 상쇄할 아무것도 제시할 수가 없었다. 집안에만 틀어박혀서 바깥 세계와는 완전히 단절된 생활을 하는 친구였다. 심지어 방안으로 파고드는 햇살까지 미워할 지경이었다. 그런 아내를 살리기 위해 무척 고생하고 있는 친구의 남편이 전화를 한 것은 분명히 불행을 알리는 전화임이 틀림없어서 미애는 긴장했다.

"일 년만이군요. 왜 그렇게 한 번도 오시지 않으셨어요. 제 아내가 병이 깊어서 귀찮게 생각하는 것 압니다. 그래도 참고 참다가 어쩔 수 없이 전화를 합니다."

"신경안정제만 가지고도 듣지를 않습니까?"

"그런 일이 아닙니다. 지금 막 동물병원에서 온 전화를 받고 너무 기가 차서 이렇게 전화로 실례를 합니다."

수화기 저쪽 사람은 미안해서 쩔쩔매는 얼굴을 떠올릴 정도로 목소리는 기가 죽어 있었고 비겁할 정도로 굽실거렸다.

"말씀하세요. 마침 오늘은 제가 직장을 쉬는 날이라 근화에게 가 볼 수 있으니까요."

"아내가 동물들하고만 삽니다."

"그게 무슨 말씀이세요. 동물들하고만 산다니요."

"길에 버려진 못생기고 병든 개들만 집안으로 끌어들여요. 늙어서 죽음을 앞둔 개들이지요. 일주일에 개 사료 값으로 얼마나 지불하는 줄 아십니까? 저희 식구 식비와 맞먹어요. 병들고 늙을 개들이라 병원비만도 상당해요. 나중에는 식빵까지 사다 먹이니 이거 살 수가 없습니다."

미애는 피식 웃음이 나왔다. 아들을 앞서 보내고 정신질환까지 가지 않고 그래도 개들에게 정을 두고 사는 친구가 대견했기 때문이다. 그 개들을 친구에게서 어떻게 앗아낼 수 있단 말인가.

"개들을 좋아한다면 그냥 두세요. 깊은 병이 아니니 얼마나 감사할 일이에요. 하나님께서 함께하신 거예요. 제가 늘 기도를 많이 하고 있으니 힘내세요."

미애는 이렇게 말하고 전화를 끊으려고 서둘렀다. 그러자 저쪽 사람이 다급하게 따발총을 쏘듯 내뱉었다.

"지금 동물병원에서 전화가 왔어요. 2,500불을 가지고 와서 개를 찾아가라는 것입니다. 이게 제정신입니까?"

"아니 개 한 마리 값도 그렇게 나가지 않을 터인데 2,500불이라니요. 무슨 일이냐고 따지지 그러셨어요."

"차에 치여 주인도 버린 개를 제 아내가 병원에 데려다주고 청구서를 내게 보내라고 한 것이지요. 제가 왜 그걸 물어야 합니까?"

"저런, 저런……."

미애는 잠시 멍해졌다. 이 친구가 미쳤나. 차에 치여 죽어가는 개를 그것도 주인까지 포기한 개를 어쩌자고 동물병원까지 데려다주고 이 난리를 치는 것일까. 징징 울어대는 친구의 남편을 달래놓고 차를 근화의 집으로 몰았다. 친구 집까지는 근 한 시간 거리였다. 캘리포니아의 남단에서도 산속으로 한참 들어가는 깊은 산 속에 자리 잡은 곳이었다. 아들을 여의고는 사람이 무섭다고 야단을 해서 산속 외진 곳으로 이사를 간 친구였다. 뒤란이 어찌나 넓은지! 더구나 산 밑에 자리를 잡고 있어서 산짐승들이 많이 내려온다는 이야기도 들었다. 친구가 좋아하는 단감을 한 상자 사들고 아무리 초인종을 눌러도 인기척이 없었다. 어쩔 수 없이 뒤란으로 통하는 문을 밀치니 힘없이 스르르 열렸다. 안으로 들어가니 친구는 일곱 마리의

개와 다람쥐, 산새들에게 둘러싸여 먹이를 주느라고 정신
이 없었다. 평온한 짐승들의 눈이 너무 맑아서 성 어거스
틴이 묵었다는 중세기 수도원에라도 온 기분이었다.

"야! 근화야! 어째서 너희 개들은 사람이 와도 짖지를
않냐? 아이쿠! 무슨 짐승들이 이렇게 많이 드글거리니?"

미애의 고함에 동물들 속에 빠져있던 친구가 천천히 머
리를 들어 물끄러미 쳐다보다가 미애를 알아보고는 밝게
웃었다. 병색이 전혀 없는 얼굴이었다. 해맑은 눈이 하늘
에 둥실 떠가는 구름이 어른거리는 듯도 했다.

"아니! 너 얼마 만이냐. 직장 일이 바쁠 터인데 어떻게
여길 왔어. 아이쿠! 보고 싶었는데 너 참 잘 왔다. 우리
식구가 이렇게 많이 늘었단다. 아들이 가고 그 아들 대신
이렇게 많은 식구들을 하나님이 보내주셨으니 얼마나 감
사한지 몰라."

천 평이 넘음직한 뒤란을 찬찬히 둘러보았다. 그러고
보니 구석구석에 다람쥐, 산새, 이름 모를 짐승까지 셀 수
없이 많았다. 친구 남편의 말이 옳았다. 이 많은 짐승을
먹이자니 얼마나 많은 양식이 필요하단 말인가. 친구를
따라 거실로 들어가니 고양이들이 오그르르 한곳에 모여
오수를 즐기다가 무릎과 의자 위로 파고들었다.

"너 어쩌자고 이렇게 많은 짐승을 기르니? 사람들을 만
나야지 동물들하고 살면 어떻게 해."

"오호호…… 얘네들이 있는 곳이 천국이란다. 내 아들이

간 곳이 이런 곳이 아니겠니. 그 애는 개를 무척 좋아했단다. 그런데 이민 와서 남의 땅에 살면서 아파트라서……."

친구는 울먹이기 시작했다. 굵은 눈물이 뺨 위로 줄줄 흘러내렸다. 소리 없이 얼마를 울다가 커피를 끓이겠다며 일어섰다.

미애는 동물병원에 가서 치료를 받은 개를 데려다 친구에게 주었다. 의사에게 애걸해서 500불만 내고서 말이다. 그 돈은 육십을 바라보는 나이가 되었으니 얼굴 마사지하고 머리를 예쁘게 해보라고 아들이 첫 월급에서 떼어준 것을 친구를 위해 몽땅 쓴 것이다. 친구는 붕대에 감긴 개를 받아 안고 엄마처럼 다독였다. ✨

# 빈 둥지 채우기

캘리포니아는 겨울에 비가 온다. 뜨거운 여름 내내 햇살만 살아있던 하늘이 가을에 접어들자 서서히 비가 올 조짐을 보이면서 바다처럼 숨을 쉬는 곳이다. 눈 대신 비가 억수로 쏟아지는 날은 그동안 메말랐던 대지가 흠씬 젖어 들면서 먼지를 잔뜩 뒤집어쓰고 있던 나뭇잎들이 새파랗게 살아난다. 해서 민영은 겨울을 좋아한다. 두고 온 조국의 봄을 떠올릴 수 있고 또 그 옛날 그렇게도 지긋지긋했던 장마가 향수처럼 다가오기 때문이다. 이렇게 비가 오는 날이면 뜨끈한 온돌방에 등을 대고 누워서 오징어를 질겅질겅 씹으면서 소설을 읽는 재미를 어디에 비할 것인가. 오늘도 새벽부터 하늘이 꾸물거리기 시작하더니 제법 빗발이 굵어진다.

민영은 전기장판의 온도를 한껏 올려놓고 냉동실에서 오징어를 꺼내 구워들고는 비 오는 날 읽으려고 사두었던 소설을 펴들었다. 등이 따스워지면서 갑자기 아들이 보고 싶었다. 땅 끝까지 어머니를 모시고 살면서 효도하겠노라고 다짐했던 아들이다.

돌떡을 먹은 다음 날 남편은 교통사고로 가버리고 낯선

땅에서 혼자 숱한 고생을 하면서 아들을 공부시킨 일들이 주마등처럼 눈앞을 스쳤다. 의지와는 관계없이 눈물이 줄 줄 볼을 타고 흘러내린다.

빗줄기를 바라보면서 아들이 좋아하던 음식이 떠올렸 다. 부추에 호박을 채 썰어 넣고 거기에 양파를 넣어 밀가 루와 달걀을 넣어 부친 것을 아들은 호떡이나 식빵보다 더 맛있게 먹었다. 약간 매운 풋고추를 어슷어슷 썰어 넣 고 부치면 더 맛있다고 손가락까지 빨 정도였다. 얼마나 밀가루 부침을 좋아하는지 어떤 때는 빵 대신 도시락에 그걸 싸달라고 보채기도 했었다. 특히 이렇게 비가 오는 날이면 어김없이 아들은 엄마의 주위를 맴돌면서 부침개 를 해달라고 칭얼거리지 않았던가.

생각이 이에 이르자 민영은 벌떡 일어나 마켓으로 달려 갔다. 매운맛이 나는 풋고추와 부추, 애호박을 사다가 맛 있게 버무려서 둥글납작하게 프라이팬에 부치기 시작했 다. 콧노래가 나왔다. 아들의 입이 함박꽃처럼 벌어질 것 을 생각하니 신바람이 났다. 점점 더 거세게 쏟아져 내리 는 빗줄기도 기쁨의 환호성처럼 유리창을 때렸다.

아들의 아파트까지 반 시간 거리이다. 식을 것이 두려 워 민영은 두꺼운 마후라로 싸고 또 싸서 달려갔다. 저녁 을 먹을 시간이니, 신혼살림을 차린 신랑신부는 지금 한 창 저녁 준비로 바쁠 것이 뻔했다. 이걸 왜간장에 찍어 먹 으면 반찬이 없어도 될 것이란 생각에 아들의 얼굴이 보름달처럼 가슴에 안겨왔다. 현관문을 열고 들어서는 순간 며느리의 얼굴은 떨떠름해졌고 아들의 얼굴도 약간 멋쩍어하는 것 같았다.

"이렇게 비가 오는 날이면 넌 부침개를 좋아했지? 엄마가 네 생각이 나서 이렇게 빗길을 달려왔다. 식기 전에 어서들 먹어라."

민영은 상으로 쪼르르 달려갔다. 마침 식사를 하려고 차려 놓은 밥상에는 아들이 제일 싫어하는 핫도그와 콜라가 덩그러니 놓여 있었다.

"세상에! 저녁을 이렇게 먹는단 말이냐? 넌 저녁 식사로 언제나 밥을 좋아하지 않았더냐. 이렇게 먹고 어떻게 건강을 유지하려고……."

그러자 아들은 어머니의 말을 막고 나섰다.

"어머니! 전 이 사람이 먹는 음식이 좋아요. 벌써 이 사람의 음식에 맛이 들은걸요. 어머니가 만들어 줬던 그런 음식을 이제 싫어해요. 어머니 기쁘게 해드리려고 맛있다고 먹은 것이지 이젠……."

민영의 뒤통수에 철근이 내리꽂히는 것 같았다. 이럴 수가! 아들이 이럴 수가! 어떻게 기른 자식인가. 그런데 이렇게 나가도 된단 말인가! 아무리 여자가 좋다지만 몇 달 사이에 요렇게 변할 수가 있단 말인가. 민영은 뒤도 돌아보지 않고 아들네를 빠져나왔다. 다리가 후들후들 떨렸다. 배신감으로 인해 가슴도 와들와들 떨렸다. 남편이 죽었을 때는 가슴에 안긴 갓난아기를 끌어안고 그 온기로 하늘이 멍석만 하게 보였었는데 지금은 하늘도 보이질 않았다. 완전히 절망이었다. 사방이 깜깜했다.

집에 들어오니 낡은 카펫에서 피어오르는 냄새까지 모두가 그녀를 거부하는 몸짓을 하는 것처럼 느껴졌다. 썰렁하게 빈 둥지는 아들이 남기고 간 냄새와 흔적들로 얼룩져있었다. 그것이 모두 더러운 오물로 보여서 오 집사는 몸을 움츠렸다.

아들이 활짝 웃으면서 곰인형을 안고 찍은 사진이 거실 벽면에 매달려있다. 그녀는 앞에 놓인 수화기를 집어던졌다. 사진틀의 유리가 깨어지면서 바닥으로 쏟아져 내린다. 진열장에 놓인 가죽신이 눈에 들어왔다. 걸음마를 시작하면서 처음 신었던 앙증맞은 신발이다. 그것도 집어들어 쓰레기통에 던져버렸다. 그녀는 미친 사람처럼 빈 둥지에 남아 있던 아들의 흔적들을 검은색의 큼직한 쓰레기 봉지에 쓸어 넣기 시작했다. 돌 사진을 찍으면서 입혔던 옷까지 어쩌자고 궁상맞게 보관을 하고 있었는지 자신이 미워서 견딜 수가 없었다.

남편의 흔적과 아들의 흔적을 말끔히 걷어낸 둥지는 그녀의 것만이 덩그렇게 남았다. 마음에 안정이 오기 시작했다. 그러면서 전혀 생각지도 않았던 성경 말씀 한 구절이 마음을 스쳐지나갔다.

'이러므로 남자가 부모를 떠나 그 아내와 연합하여 둘

이 한 몸을 이룰 지로다.'

그녀는 무릎을 쳤다. 남자가 부모를 떠난다는 말의 뜻을 왜 지금까지 깨닫지 못했단 말인가. 커서 둥지를 떠나 창공으로 훨훨 날아가버린 새가 되돌아온다면 이건 병이 들었거나 무능하거나 실패했다는 뜻이 아닌가. 아들은 다시는 둥지로 돌아오지 않을 것이다. 또 당연히 그래야만 한다. 아들이 돌아온다면 다시 아가처럼 돌봐야 할 터이니 말이다. 억지로 둥지로 돌아오게 하려고 발버둥친 자신의 몰골이 치사하고 더러워서 못 견딜 지경이었다.

빗줄기가 가늘어지질 않고 더 거세게 장대처럼 쏟아져 내린다. 그녀는 신문을 집어 들고 오징어를 질경질경 씹으면서 전기장판의 온도를 높이고 누웠다. 사회면에는 경제 한파로 집을 잃은 무숙자들이 길에서 자고 있다는 뉴스가 실려 있었다. 그 순간 오 집사의 머리에 고압선이라도 흐르는 듯 번쩍 섬광이 스쳤다.

'옳습니다. 맞습니다. 주님! 바로 제가 할 일은 그것입니다. 떠난 아들 대신 빈 둥지를 채울 길을 알려 주신 주님! 감사합니다.'

그녀의 뺨 위로 다시 눈물이 흘러내린다. 하지만 이건 전혀 다른 종류의 눈물이었다. ✼

# 야누스의 얼굴

김한숙 권사는 세상에서 제일 행복한 여자라고 사람들 앞에서 자랑이 대단하다. 날마다 며느리 자랑으로 입가에 거품이 마를 사이가 없다. 그녀의 말을 듣고 있노라면 보통 사람들은 속이 상할 정도가 된다. 여기는 한국도 아니고 미국인데 효도하는 며느리라니!

권사의 남편, 김도식 장로는 돈 잘 버는 분이고 아들도 십일조를 꼬박꼬박 내고 성도들을 집에서 잘 대접하는 탓에 장로 후보에 올라 있다. 며느리는 시어머니를 따라 단 하루도 빠지지 않고 새벽기도회에 참석하니 그야말로 자랑할 만했다. 집도 부촌인 라카나다에 백만 불을 호가하는 대저택에 살고 있으니 모두의 칭송을 받았다.

아들도 서울에서 좋은 대학을 나온 뒤에 미국에 와서 박사학위를 받았고 이곳 대학에서 미국사람들을 가르치고 있으니 이 넓은 미국대륙을 권사의 치마폭에 감싸 안은 듯한 기분이었다.

미국까지 와서 살면서 아들과 며느리의 효도를 받고 사는 것도 족하고 장로 남편의 믿음이 돈독하니 무엇을 더 바라겠는가. 아침이면 며느리가 한국식으로 따끈한 누룽

지에 된장찌개로 상을 보아놓고 공손하게 권하는 것도 권사를 기가 막히게 행복하게 해주었다. 아침식탁에서 며느리와 주고받은 대화도 그녀를 한껏 만족하게 했다.

"아가야! 이상하게 요즘은 옥돔이 먹고 싶구나."

"어머님! 그건 제주도에서 나는 것이지만 그까짓 것 못 구하겠어요. 한국에 전화해서 항공편으로 보내라고 해도 돼요. 하지만 이 로스앤젤레스에 없는 것이 어디 있어요. 제가 저녁상에 올릴게요."

사우나를 갈 적에도 꼭 모시고 다니는 며느리다.

"며느리하고 사우나 다니는 시어머니가 어디 있냐. 나 혼자 갈 터이니 걱정하지 마라."

그러면 며느리는 이렇게 말한다.

"어머님 연세가 지금 얼만 줄 아세요. 찜질방에 들어가셨다가 쓰러지기라도 하면 전 악한 며느리로 소문날 거예요. 그러니 제가 보디가드처럼 따라붙는 걸 나무라지 마세요."

해서 며느리는 찜질방에 가도 따라 들어오고 심지어 온탕에 들어가도 껌딱지처럼 꼭 붙어 다닌다. 어디에나 내놓고 자랑해도 될 며느리였다. 눈에 넣어도 아프지 않을 정도였다. 그러니 한국에 있는 산이나 빌딩까지 몽땅 이 며느리와 아들에게 유산으로 주리라 속으로 다짐했다. 입의 혀처럼 수발드는 며느리와 아들에게 재산을 모두 유산으로 준다 해도 하나도 아까운 마음이 들지 않았다.

처음부터 이 며느리를 좋아한 것은 아니었다. 아들이 골라서 데려온 며느리는 세상에서 제일 가난한 집 딸이라 시집올 적에도 이부자리 하나 해오지 못할 처지라 반대도 무척 했었다. 이런 며느리가 오히려 부잣집에서 데려온 며느리보다 낫다고 친구들이 위로하지 않았던가. 요즘은 그 말이 맞는다고 머리를 주억거리기도 한다. 부잣집에 들어와서 사는 것이 얼마나 행복한지 옷이니 얼굴에 끼었던 궁상기도 쫙 걷히고 이젠 부티 나는 며느리가 되었다. 백화점에 데리고 가서 옷을 십여 벌씩 사주니까 며느리는 좋아서 어머니, 어머니 하면서 시어머니 곁을 맴돌았다. 며느리가 손수운전을 해서 팜 스프링도 가고 샌디에이고, 샌타바버라 또 야외 온천장까지 시어머니를 모시고 다니니 주위에서 부러움을 살 만도 했다. 어머니와 친딸이 늘 그렇게 붙어 다니는 줄 알 정도로 두 사람 사이는 가까웠다.

시집가서 바로 이웃에 살고 있는 딸이 오히려 올케를 깎아내리고 친정어머니에게 여우에게 홀렸다느니 심지어 주책이라고 핀잔을 주었다.

"그 올케가 여우라니까요. 어머니는 속고 있어요. 정신을 바짝 차리지 않으면 그 재산 다 빼앗겨요. 어머니가 가진 것이 많으니까 작정하고 들러붙어서 그 야단을 치는 것이라고요. 찌들게 가난한 집에서 태어나 배고프게 살다가 부잣집 남자 만나 호강하니까 욕심이 하늘까지 뻗친 거라고요. 저러다가 어머니, 아버지는 나중에 양로원에서 돌아가실 터이니 조심하라고요."

딸의 날카로운 비판을 들을 적마다 김한숙 권사는 호통을 쳤다.

"넌 출가외인이야. 며느리가 해주는 밥을 먹고 살다가 죽지 네 손에서 밥 한 끼 제대로 얻어먹을 수 있겠니? 며느리를 위하는 것이 딸자식 위하는 것보다 낫다고들 하더라. 딸자식이 며느리보다 더 도둑이 아니겠니. 너도 시집갈 적에 얼마나 많은 돈을 앗아갔니. 지금 네가 살고 있는 집이랑 자동차도 모두 내가 사준 것이 아니냐."

딸은 어머니의 핀잔에 오히려 화가 치밀어 수화기를 내팽개쳐버렸다. 딸과 이런 대화를 주고받는 날이면 종일 기분이 나쁘다. 해서 김한숙 권사는 바로 이웃에 사는 엄 권사와 기도 제단을 쌓으려고 부엌에서 설거지를 하는 며느리에게 소리쳤다.

"아가야! 엄 권사 집에 가서 두 시간 정도 기도하고 오마. 그 집 아들이 간암이라는구나. 매일 두 시간씩 골방에서 기도하기로 했다."

"그럼 점심은 두 분이 오셔서 드세요. 어머님이 좋아하시는 김치 만둣국 끓여 놓을 테니까요."

"그래, 고맙구나. 12시 땡 치면 올 터이니 모두 준비해 놓았다가 내가 온 다음에 만두를 넣도록 해라."

며느리의 애교 섞인 대답을 뒤로하고 성경, 찬송을 들

고 엄 권사 집으로 향하던 김한숙 권사는 돋보기안경을 놓고 온 것을 알았다. 성경을 읽고 찬송을 부르자면 안경 없이는 절벽이니 되돌아설 수밖에 없었다. 초인종을 누를까 하다가 가만히 현관문을 밀치니 힘없이 열렸다. 소리 없이 현관문을 들어서는 순간 며느리가 카랑카랑한 목소리로 떠들다가 자지러지게 웃어댔다. 섬뜩했다. 고분고분한 며느리에게 저런 면이 있었던가. 전화통에 대고 친구와 신나게 노닥거렸다.

"야, 이제 실컷 말해도 된다. 여우 같은 여자도 지금 나가고 없어. 옆집에 기도한다고 갔거든. 지긋지긋해 죽겠어. 노인이 얼마나 건강한지 이러다가는 나보다 오래 살 것 같다."

김한숙 권사는 현관 바닥에 주저앉아 손을 허우적거리며 신음소리도 삼키고 있었다. 따발총을 쏘듯 며느리의 목소리가 들려온다.

"그까짓 재산 때문에 이 짓도 못하겠다. 우리 식구끼리 나가 살고 싶다. 외동아들인데 가만히 있어도 다 우리 재산이 되는 것이 아니냐."

김한숙 권사는 손을 허공에 대고 허우적거리면서 중얼거렸다.

'알았다. 알았어. 내일이면 너희들 식구 내보내겠다. 지금까지 뼛골 빠지게 공부시킨 것으로 족하니 단 한 푼도 줄 수 없다. 재산은 전부 도네이션할 것이다. 아이쿠! 하

나님. 자식 자랑한 교만을 회개합니다. 늦게라도 깨닫게
해주셔서 감사합니다.' ⚘

## 이건숙 작품 총목록

**1981년** 「양로원」 한국일보 신춘문예 당선작. 「내 딸 남의 딸」 한
국문학 4월호. 「어떤 오해」 문학사상 12월호. **꽁트** 「하나
님의 집배원」 새가정 4월호. 「엄마야」 다이나이트 한국화
약그룹사보.

**1982년** 「무거운 짐」 현대문학 7월호. 「밤 사람들」 신앙계 4월호.
「어느날 갑자기」 소설문학 11월호. *장편 『거라사의 광
인』 메시아 출판사 출간. **꽁트** 「배신」 소설문학 1월호. 「쪽
집게」 삼성전자 5월호. **30매 소설** 「천국대합실」 월간기도 1
월호. 「한형제」 월간기도 2월호. 「장부부(장며느리)」 월간
기도 3월호. 「삼손의 후예들」 월간기도 4월호.

**1983년** 「달팽이」 한국문학 4월호. 「노인의 꿈」 소설문학 6월호.
「옥비녀」 모란촌 동인지 10호. **꽁트** 「얌전한 탕자」 신앙세
계 3월호. 「고향의 비밀」 동아그룹 3월호.

**1984년** 「원점」 월드 테니스 5월호. 「처음 사랑」 월간문학 8월호.
「하얀 꽃은 하얀 감자」 크리스찬 타임즈 8월호. **꽁트** 「기다
림」 현대목회 2월호. 「매라의 거짓말」 현대목회 7월호.
「수제자」 현대목회 9월호. *수필집 『돌 하나도 돌 위에 남
지 아니하리라』 정음사 출간. 「새처럼 훨훨」 중편 300매
미발표.

**1985년** 「흩어진 사람들」 금호문화 10-11월호. 「엄마의 미움」 한
국문학 4월호. 「빚꾸러기」 월간문학 11월호. 「우리의 친

구」소설문학 12월호. 꽁트「제자의 웃음」진학사 1월호.
「하나님 만세」현대문학 6월호.「세상에 하나뿐인 시어머
니」신앙세계.

**1986년** 「구토」동서문학 6월호.「모래성」월간문학 7월호.「팔월
병」현대문학 11월호.「여울물 소리」한국문학 12월호.
「스승의 눈물」주간조선 3월. 꽁트「어느 부자의 데모」월
간기도.「삶의 미로」빛과 소금 6월호.「사랑사슬」재해
및 가을호.

**1987년** 「관솔불빛」문맥동인지 중편 280매.「이브의 깃발」기독
신보에 연재 시작.「앙금」동서문학 12월호(월평 1988년 1
월호 동서문학).「하늘의 옷자락」신앙계 8월호. *단편집
『팔월병』제1창작집 6월 혜진서관 출간. 꽁트「파브르의
후계자」수험생.

**1988년** 「어머니의 성」한국문학 6월호(MBC베스트극장 9월 11일 밤
11시 30분 방영).「박쥐사냥」문학사상 12월호(월평 1989년
1월호 문학사상).「미로학습」한국문학 12월호. *수필집『피
리를 불어도 춤을 추지 않는 사람들』혜진서관 2월 출간.

**1989년** *장편『에덴의 국경』혜진서관 3월 출간.「이브의 깃발」
장편을 기독신보(주간, 연재 시작).「여심(女心)」월간문학 1
월호(MBC 베스트극장 4월 방영).

**1990년** 『에덴의 국경』 장편 『거제도 포로수용소』란 제목으로 바뀌어 혜진서관에서 재판. 「목마른 나무들」 35매 소설. 「유산」 대전문총의 문학시대. *『엄마 난 하나님의 선물이에요』 홍성사 믿음의 글 75 출간(영아부에서 행한 부모교실 강의 모음 수필).

**1991년** 「메꽃 피는 땅」 세계문학 6-8월호, 9-10월호 2회로 실림(88매). 「꿈꾸는 여자」 기독교연합신문 1월 6일(35매). 「미인은 챙 넓은 모자를 좋아한다」 대전문총의 문학시대. 「삼화음(三和音)」 빛과 소슴 5월호(60매).

**1992년** 「엄마야 누나야 시골 살자」 월간문학 6월호와 7월호 중편 분재.

**1993년** 「실향」 소설과 사상 겨울호 105매. 『바람, 바람, 새 바람』 대하소설 국민일보에 1월 21일부터 연재 시작. *수필집 『꼴찌의 간증』 홍성사 출간. *꽁트집 『하늘나라 광대』 하나출판사 출간.

**1994년** *『이브의 깃발』 장편 기독신보사 출간. *『사모가 선 자리는 아름답다: 사모 핸드북』 신망애 출판사 출간.

**1997년** 「둥지」 크리스천문학 8월호. *『바람 바람 새 바람 1권』 출간. *제14회 크리스천문학상 소설부문 수상.

**1998년** *2월부터 2001년 2월호까지 34회로 월간 새가정에서 장편 『장대 위에 달린 여자』 연재 후에 『사람의 딸』이란 제목으로 문학나무 출간.

**2001년** 「메꽃 피는 땅」 월간문학 1월호(대전지방 문예지 세계문학 실렸던 단편 개작함).

**2003년** 「바다를 먹물 삼아도」 총신문학 제3집. 「꿈꾸는 여자」 기독연합신문 발표된 작품을 60배로 키워 크리스천문학에 발표. 「살찐 갈매기」 월간문학 4월호. *단편집 『미인은 챙 넓은 모자를 좋아한다』 월간문학 출간.

**2004년** 「독수리의 날개」 크리스천문학 봄호. 「유리어항 속의 두 마리 금붕어」 한국소설 4월호. 「흥보 통곡하다」 문학나무 봄호.

**2005년** 「금쪽 같은 내 딸」 크리스천문학 봄호. *월간 창조문예에서 장편 『빈배를 타고 하늘까지』 연재 1월부터 시작-2006년 3월에 연재 끝냄.

**2006년** *장편 『사람의 딸』 문학나무에서 출간(새가정에 장대 위에 달린 여자 연재)를 제목 바꿔 1월 5일 출간. *장편 『빈배를 타고 하늘까지』 창조문예 출간 7월 26일. 「겁많은 독사」 월간문학 2월호. 「강아지가 되고 싶은 밤나무골 이장님」 계간문예 가을호. 「좁은 길」 한국소설 5월호. 「아버지의 벽」 문학나무 가을호. *제6회 들소리문학상 수상작 장편 『사람의 딸』.

**2007년** 「간음한 남자」 크리스천문학 겨울호. 「학실엄마와 아빠」 월간문학 12월호. 「수렁」 한국소설 12월호. 「하늘빛 커튼」 아세아문예 여름호. 「원초적 본능」 창조문예 5월호. *단편집 『꿈꾸는 여자』 문학나무 출간 4월 10일. *수필집 『엄마의 꿈은 힘이 세다』 문학나무 출간. 『엄마 난 하나님

의 선물이에요』 홍성사에서 출판된 것을 대폭 수정 보완
한 것임.

**2008년** 「나와 함께 춤을」 크리스천문학 여름호. 「황홀한 나들이」
문학나무 겨울호. 「하얀 꽃은 하얀 감자」 현대종교 3월
호. *제4회 창조문예문학상 수상작 단편집 『꿈꾸는 여
자』.

**2009년** 「어느 젊은 목사 아내의 수기」 크리스천문학 봄호. 「색깔
있는 방」 한국소설 2월호. 「언니의 집」 계간문예 가을호.
「황혼의 미로」 들소리문학 겨울호. *장편 『남은 사람들』
창조문예 출간 8월 1일. *단편집 『어느 젊은 목사아내의
수기』 문학나무 출간 10월 5일.

**2010년** 「손자의 등」 크리스천문학 봄호. 「어머니의 정원」 월간문
학 10월호. 「소설 요나」 크리스천문학 겨울호. 「목마른
나무」 총신문학, 제4집. *장편 『남은 사람들』 월간 창조문
예 1월호부터 연재 시작. 12월호에 12회로 연재 끝냄.

**2011년** 「모나크 나비」 펜문학 5,6월호. *미니픽션 월간목회 연재
7월부터 2011년 6월호 끝냄. 「신데렐라의 아침」 한올문
학 6,7월호. 「사막의 나그네들」 크리스천문학 가을호. 장
편 『나는 살고 싶다』 월간창조문예 1월 연재시작~12월
호 완료.

**2012년** 「쥐들의 전쟁」 크리스천문학 겨울호. *장편 『나는 살고 싶
다』 창조문예 출간.

**2013년** 「청둥오리 엄마」 한국소설 6월호. 「바보온달과 평강공주」

펜문학 5,6월호. 「어느 갠날」 월간문학 12월호. 「벌레의 애걸」 들소리문학 가을호. *단편집 『신데렐라의 아침』 문학나무 출간 6월 5일. *수필집 『사모의 품격』 두란노 서원. 신망애에서 「사모가 선 자리는 아름답다:사모핸드북」을 대폭 수정보완판.

**2014년** 「토네이토가 덮쳐 좋은 날」 크리스천문학 봄호.

**2015년** 「어둠을 덮은 장막」 펜문학 3,4월호. 「똑똑한 사람들」 들소리문학 여름호.

**2016년** 「하늘 정원」 들소리문학, 봄호. 「귀신들린 사람」 펜문학 11,12월호.

**2017년** 「이상한 사람」 크리스천문학 봄호. 「잃어버린 신화」 크리스천문학나무 여름호.

**2018년** 「소리의 가면」 한국소설 3월호. 「순교자 아들」 크리스천문학나무 여름호. 「죽어가는 남자」 크리스천문학 여름호. *『순교자 아들』 문학나무 7월 20일 출간.

**2020년** 「증애의 봄날」 크리스천문학나무 가을호. 「침묵의 절규」 크리스천문학 가을호. 「벌새 아버지」 문학나무 겨울호. 스마트 소설 「고추 먹고 맴맴, 담배 먹고 맴맴」 문학나무 봄호. 「도깨비 방망이」 「사탄이 된 호박」 크리스천문학나무 봄, 여름호. 「녹아버린 보름달」 「전도사와 도둑놈」 크리스천문학나무 겨울호. *『세상에서 제일 아름다운 구멍』 문학나무 7월 27일 출간.

**2021년** 「무거운 바위」 창조문예 1월호. *단편집 『세상에서 가장 아름다운 구멍』이 제37회 PEN문학상 소설부문 수상.

**2022년** 「아내의 스마일」 창조문예 1월호. 「신비스러운 만남」 한국소설 9월호. *대한민국기독예술대상 문학부문.

**2023년** *제33회 기독교문화대상 문학부문 수상작 장편 『거제도 포로수용소』. 「알이랑알이랑」 창조문예 4월호. 「싸리골 신화」 크리스천문학나무 4회 연재. 《문학나무》에서 12월에 이건숙 문학전집 총 21권 출간.